ワガママ王子に危険なキス

JN227825

Story by WAN KAWAMOMO
川桃わん
Illustration by SAKUYA FUJII
藤井咲耶

カバー・本文イラスト　藤井咲耶

CONTENTS

危険なハーレム・ナイト

日本から遥《はる》か離れたアラビアン・ナイトの国に、ラクダのかわりに垂直尾翼《すいちょくびよく》に真っ赤なバラの紋章を戴《いただ》いた専用ジェット旅客機に乗って、天使の姿を借りた天下無敵のわがままプリンスが、無事、母国・アムルーンへと帰国した。

その腕には、愛《いと》しいベッドの奴隷を抱いて……。

ACT.　1

五月も終わりになれば、日本では今頃初夏の匂《にお》いが漂っている季節だが、アムルーンの空はすでに初夏を通り越して、灼熱《しゃくねつ》の気温に達していた。

そんな厳しい照りつけがあるにもかかわらず、滑走路には赤いバラの花びらが、タラップから黒塗りのリムジンへとまるで結婚式のヴァージン・ロードを思わせるように敷きつめられ、その左右には仰々《ぎょうぎょう》しくも整然と王室お抱え楽団員や護衛達の列が連《つら》なっている。

それもこれも、久方ぶりに帰国したカシム家の第二王子のお出迎えセレモニーの準備なのだが、かれこれ三十分。

その肝心なプリンスは、これっぽっちも姿を見せないのである。

『殿下、マハティール殿下』

狭い機内の最奥部分。白いカーテンを何重にも重ねて仕切られた、プリンス専用の私室の前で、侍従長《じじゅうちょう》であるシェリクは、たっぷり五分はためらったあと、声をかけた。

しかし、返事はない。

微《かす》かな衣擦《きぬず》れの音と何やら言い争う声に、長年お供をしてきた侍従長は、またか…、と小さなため息をつく。

＊

「も……やめ…、マハティールッ……ぁ…っ！」

贅沢《ぜいたく》にも、床一面に敷きつめられたペルシャ絨毯《じゅうたん》の中央。

アムルーン・スタイルといわれる床に直接置かれたマットレスのベッドの上で、獣のように這《は》わされた智也《ともや》は、息も絶え絶えにシーツに顔を押しつけたまま、横目で凌辱者《りょうじょくしゃ》を睨みつけながら声を震わせる。

必死で握りしめる生成《きな》りのシーツは、すでに自分自身の放ったモノでグショグショに濡《ぬ》れそぼり、さらにそのシミはどんどんと範囲を広げていくばかり。

その体に情け容赦なく覆《おお》い被《かぶ》さる流れるような金糸の髪のプリンス・マハティールは、至極《しごく》ご満悦な笑みを湛《たた》えたまま、腰を深く動かした。

「酷《ひど》いな、トモヤ。きみは二回もイッたのに、わたしは一回だけなのかい」

誰もが見惚《みと》れるキレイな顔に、智也は情けなくも胸をときめかせ、本日、三度目の疼《うず》きに股間を直撃される。

(国に帰るまで、ベッドの相手をしてもらう)

来日していた十九才の若き実業家であるアムルーン王国の第二王子、アブドゥル・ビン・マハティール・アル・カシムは、極上のロイヤル・スマイルを浮かべて、確かにそう言った。

その言葉どおり、遠路はるばる日本から、海越え、山越え、空越えて、ついに異国の地へと辿《たど》り着いた倉橋《くらはし》智也、二十三才。

日本の中堅企業である倉橋エレクトロンの社長代理で、幼い顔だちの上に騙《だま》されやすい性格のせいで、もっぱら墓穴を掘ってはその身を危険にさらしている、ちょっぴりドジな熱血サラリーマン。

大口取引先であるカシム家の天使の顔をした悪魔に見入られて、契約書と引き換えに社長秘書である高田《たかだ》に貢《みつ》ぎ物にされ、はるばる日本から遠い異国へと、プリンスのベッドの相手をするためだけに連れてこられた哀れな子羊。

いくらアラブの大富豪で大事なお得意様だからって、そんなワガママに付き合っていられるか！と帰国までの間、何度か逃亡を企《くわだ》てたものの、すぐに見つかってはご機嫌《きげん》を損ねたプリンスに、ベッドの上で手酷い罰を受けるばかりなのである。

しかも、国に帰ったらお役御免《ごめん》だと思って、ご無体な仕打ちにも泣く泣く耐えていたのに、何を思ったか大ボケのエロバカ変態王子は、国に帰ってまでも相手をさせると言いだしたのだ。

今でさえ、日に三回というノルマを課せられて、体はボロボロ、心はズタズタ。このままいけば、犯《や》り殺されるのは確実。

それだけは絶対に避けなければと、飛行機が着いても降りるものかと頑張ったのがいけなかった。

そのせいで、ほんのちょっと……、いや、かなりご機嫌を損ねてしまい、のしかかられている始末。

それもこれも、自分のわがままを押し通そうとするマハティールが悪いのであって、智也が悪いわけではない。

しかしそんなことこれっぽっちも悪いなんて思っていない、マハティールのイタズラ好きのキャメル・ブラウンの指は、甘い蜜を再び滴《したた》らせ始めた股間《こかん》に執拗《しつよう》に絡《から》みついてきて……。

「……ぁ……やめ……っ」

二度の射精で敏感になっている先端を指先でクルクルと弄《いじ》られて、智也はまたもや頂点へとかけ昇っていく。

「また一人でイク気なの。ズルイな。いつもわたしを怒らせては、一人だけ楽しむんだから」

誰が楽しんでんだ、誰が！　どう見たって、嫌がってるようにしか見えないじゃないか。

しかし、天使のようにキレイな顔でニッコリ微笑まれては、いくら悪魔のような言葉を囁《ささや》かれても、思わずときめかずにはいられない。

天下無敵のわがまま王子は、中東の小さな国でありながら、豊富な石油資源をもとに莫大《ばくだい》な収入をあげ、世界でも有数のお金持ちとして有名な、アムルーン王国カシム家の第二王子。そして、カシム家のグループ企業の一つであるエレクトロニクス事業を中心とした会社の若き社長である。

イギリス人である母の血を色濃く受け継いだ、宝石のような輝きを放つ澄んだ青い瞳と流れるような金の髪を持つマハティール。アラブ地方独特のキャメル・ブラウンの肌は、エキゾチックで鋼《はがね》のようにたくましく、すこぶるセックスがうまい。

おかげで、男とのセックスなんてしたこともなかった智也も、今ではすっかりベッドの奴隷となりつつあって、もうダメだと思っているのに、性懲《しょうこ》りもなく再び絶頂へと追い詰められていく。

なのに、こんな酷い目にあわされているっていうのに、天使のようにキレイなマハティールの顔だけは、どうしても嫌いになれないのだ。性格は、大ッキライだけど……。

しかし、智也の悲痛な叫びも、深々と打ちこまれた熱い肉棒にヒクヒクしてては、甘い吐息にしか聞こえない。

「……ぁ…は…っ、ぁ……ぁ…っ」

幾度《いくど》も嬲《なぶ》られて固くしこった胸の突起を、もう片方のキャメル・ブラウンの指にキュッと摘《つま》まれて、さらに声が上がる。

「…や……っ、ぁ…あぁ…」

「ホントに、楽しそうだ。けど、そろそろわたしも楽しませてくれないか」

人をいたぶるのがなにより楽しいくせに。いったいどれだけ人をいたぶったら気がすむんだ、このエロバカ王子は。

「それとも、ノルマの回数を増やしたら、楽しめるようになるかな」

ぶんぶんぶん、と智也は頭を振った。

冗談じゃない。ただでさえ、三回なんて無理な奉仕に体が悲鳴を上げているのだ。これ以上の奉仕は、絶対に無理！

智也は、天使の顔で、極上のロイヤル・スマイルを見せながら、悪魔のような言葉を紡《つむ》ぐマハテイールを、横目でキッと睨み据えた。

「おや、不満なのかい。だいたい、この機から降りたくないと言ったのは、きみなんだよ」

言った！　確かに、そう言ったとも！

ここで降りたが最後、智也を待っている運命は、めくるめく官能的かつ優雅（？）な宮殿生活。

そして、二度と日本の地を踏むことはできないのだ。

だから、『降りたくない』って言っただけなのに。

なのになんで、こんな目にあわなくちゃいけないのか。

「何言って…、飛行機が着いたんなら、早く降りろってば、このエロバカ王っ…、……ひ…っ！」

ギリッと、蜜が滴る先端に爪を立てられ、智也はシーツに顔を押しつける。

体を駆けめぐる電流に、全身が強張《こわば》って、息すらまともにできない。

「言葉が悪いね、トモヤ。ハーレムに入るなら、もう少し礼儀をわきまえないと、不敬罪でココをチョン切られるよ」

礼儀がなんだ！

人の大事なモノを勝手に触るは、扱《しご》くは、握り締めるは。

よほど礼儀なんて言葉とは、遙かかけ離れた無礼者のくせに、よくもそんなことが言えるものである。

だいたい、礼儀がどうとか言うなら、まず、人の意見をちゃんと聞いたらどうなんだ。

「…だから…、ハーレムなんて嫌だっ…て……あぁっ…」

だけど、人の意見を聞くなんて、これっぽっちも教えられたことのない王子様。

聞いてもらおうなんて思うほうが、間違っていた。

「ウソはいけないよ。体はこんなにハーレム向きだというのに。ほら、わたしに入れられて、こんなに喜んでる」

反対に、双丘の狭間に指を差し入れられ、繋がっている部分をそっと撫《な》でられて、情けないほど素直に感じてしまった。

どんなに嫌がってみせても、マハティールの雄を締めつけていては、効果がないどころか、逆効果だ。

「相変わらず感度はバツグンだ。これなら毎晩、退屈せずにすみそうだよ」

「そんなこと言っても……ぁ…、ハーレムに男が入ったら……はっ…、それこそチョン切られるじゃない…か……っ」

そもそもハーレムなんて、妃《きさき》や寵姫《ちょうき》のための婦人部屋なのだ。

主人以外で入ることのできる男は、みんなアソコをチョン切らなきゃいけないはず。

そんな所に智也が入れるわけがないのだ。たとえ入れたとしても、バレたときには、男の証《あかし》がなくなってしまうという、恐ろしいオマケ、いやリスク付き。

そんなリスクを背負ってまで、マハティールのベッドの相手なんて、誰がしたいものか。

「そんなことを心配していたの？　大丈夫。トモヤの可愛いココは、わたしが守ってあげるから」

そんなモノ、守らなくていいから、この手を離してくれ！

しかし、マハティールは鼻で笑うだけで、いっこうに取り合ってくれそうもない。

そればかりか、ますます智也の股間を締め上げる。

「それに、ハーレムが嫌なら別に入らなくてもいいんだよ。きみとセックスできるなら、わたしはどこでもいいんだから」

「……ぁ…、やめ…っ」

滴る蜜を絞《しぼ》るように扱かれて、息が弾む。

「たとえば、こんなふうに機内でもね。きみも、ここでのセックスが気に入っているから、降りたくないなんてダダをこねて、わたしを困らせるんだろ」

どこをどー解釈したら、そうなるんだよ。

まったく、このエロボケ王子の独《ひと》りよがりには、いつも頭を悩ませる。

おかげで多大な迷惑ばかりがかかるのだ。

「それとも、そろそろ降りる気になったかい」

「誰が……、ぁ…っ」

大きく腰を動かされて、智也は顔を埋《うず》めるシーツを握り締める。

「もう少し、話し合いが必要だね」

これのどこが話し合いなんだ。

話し合いがしたきゃ、この手を離せっ！

けれど、いっそう激しさを増したマハティールの動きに、声は嗚咽《おえつ》へと移り変わっていく。

「…いっ……ぁ…っ……ぁ…」

「心配はいらない。すぐに自分から降りたくなるようにしてあげるから」

その言葉どおり、ものの数分もしないうちに、智也は自分から降りたいと懇願する羽目《はめ》になるのである。

ACT. 2

機内から出た途端《とたん》、強烈な太陽と乾《かわ》いた熱砂が、ボロボロになった智也の体に容赦なく降《ふ》り注《そそ》ぐ。

――夢だ。これは夢に違いない。

盛大な帰国セレモニーに出迎えられて、一歩、一歩、タラップを下りながら、だんだん近づく地面を見つめ、智也はまるでお経のように口のなかで繰り返す。

あれほど降りたくないと、精一杯抵抗したものの、経験豊富なプリンスのテクニックに、あっけなくも白旗を揚《あ》げ、まるで連行される犯人の気分となってしまった。

マハティールが用意したアルマーニのスーツですら、囚人服のように思えてしかたない。

ここは地獄の一丁目。もとい、アムルーン王国のメインゲートの国際空港。

雲一つない澄みきった青空と、灼熱の暑さが、異国の地だと教えてくれる。

ついに後戻りできない所まできて、最後の一歩を目前に、智也はタラリ…、と冷や汗を流す。

「どうした、トモヤ。早くこい」

たん、と先にアスファルトに一歩を踏み出した白い民族衣装に身を包んだマハティールが、白い頭布《ずきん》の裾を熱風に遊ばせながら智也を振り返る。

それはさながら、おとぎ話に出てくるアラビアン・ナイトの王子様。

これで性格がよかったら、まるでラクダに乗ったお姫様の気分なんだけどなぁ。

しかし智也はお姫様ではなく、正真正銘《しょうしんしょうめい》、男なのだ。

だから、目の前に続く真っ赤なバラの花びらが、ヴァージン・ロードのようにリムジンへと続いているのを見て、思わず足が竦《すく》んでもしかたのないことで。

「あの、マハティール…」

ここを歩けば、その先には耐えがたいベッドの上での、官能的かつ優雅な生活が……。

いや、その前に、マハティールに犯り殺されてしまうかも？

つい今しがた、この身に嫌というほど受けた仕打ちを思い出して、智也は身震いする。

この地に足を下ろせば、待っているのは、超ド変態プリンスの相手をするだけの恐ろしくも情けない、宮殿での生活。

いくら不景気なこのご時世だといっても、会社のためにそんな生活なんてゴメンだ。商品の独占販売権の契約だって、秘書が勝手に取りたがっているだけで、智也はそこまで体を張った仕事なんてこれっぽっちもしたくないのだ。

ダメだ！　ここはやっぱり、きっぱり、はっきり断らなきゃ。

「やっぱり……おれ…」

しかし、ボディガードを左右に従えるマハティールを目の前に、逃げることなんてできるわけもなく、

「逃げたりしたら、砂漠の果てまで追いかけて、犯《おか》してあげるよ」

ニッコリと、それはそれは灼熱の太陽よりも眩《まぶ》しいロイヤル・スマイルで微笑まれて、背筋を冷たいモノが流れる。

疲れも吹っ飛ぶ悪魔の囁きに、涙すら砂漠の土に吸いこまれていく。

「それとも、疲れて歩けない？　ずいぶん長旅だったからね、疲れがでてもしかたない」

あんたのせいだろーが、あんたの！

そう叫びたいけど、この国で、そんなことを言ったら、それこそ王家を侮辱《ぶじょく》したと言われて、ここにウジャウジャいる護衛達に、不敬罪でアソコをチョン切られてしまう。

智也は、グッと言葉を飲みこんだ。

「歩くのがつらいなら、花嫁のように抱いていってあげてもいいんだよ」

ゴクリ…、と智也の喉《のど》が鳴る。

それもやっぱり、この国では無謀すぎる。

「結構です」

智也はガックリと肩を落とすと、覚悟を決めた。

もう、こうなったら、どうとでもなれ！

それにここはまだ空港。宮殿に入るまでは、逃げる手だてだってきっとあるはず。いや、多分…あると思うんだけど。……あったら、いいなぁ。

だんだん弱気になってくる気持ちを引き締めて、智也は勇気を振り絞り、最後の一歩を踏み出した。

ついにきてしまった、アムルーン。

今までだって、何度もこの地を訪れていたけど、今回ほど感慨深いものはない。

なにしろ、ここが第二の祖国になるかもしれないのだ。

見慣れた風景も、このままハーレムへほうりこまれたら二度と見られないかもと思うと、なぜだか涙が溢《あふ》れそうになる。

ボディーガードに両脇を固められて歩く気分は、さながら牢獄へ連れていかれる奴隷のようだ。

そんな智也の背中に、日本語の声がかけられた。

「智也さん」

その声のほうに、智也は慌てて視線を向ける。

今の今まで忘れてたけど、そこには一緒の飛行機に乗ってこの国にきた、秘書の高田冴樹《さえき》が立っていた。

「た、高田」

マハティールが乗りこもうとしている車の二台後ろのリムジンの側《そば》で、実に、にこやかな笑顔を向けている。

それが、無性に腹立たしい。

智也はその笑顔を見た途端、ムクムクと怒りの炎を噴き上げた。

「この、強欲ジジイッ！」

あたりもはばからず、思わず叫ぶ。

もとはといえば、この男が契約を取ろうなんて欲深いことを考えなければ、こんな理不尽な目にあわずにすんだ。

それをよくもまぁ、涼しげな顔をしていられるものである。

しかしこの男も、まったく悪びれる様子がない。

「ジジイは酷いですよ、智也さん」

砂塵に舞い上がる前髪が、眼鏡《めがね》の縁《ふち》にかかるのを鬱陶《うっとう》しそうにかき上げながら、ゆっくりと近づいてくる。

確かにジジイと言うにはもったいないような、整ったキレイな顔をしている。

しかし、二十八才にして言うこと成《な》すことオヤジ化している彼は、脂《あぶら》ぎった狸《たぬき》ジジイも顔負けの倉橋エレクトロンの優秀な（？）社長秘書。

もっぱら他力本願で、会社の業績を上げようとしているところが、許せない。

しかもそのしわ寄せが、全《すべ》て智也にのしかかっているのだ。

「何言ってるんだよ。もとはといえば、お前が契約欲しさにおれを売ったのが悪いんじゃないか」

「おかげさまで、次の契約も取れそうですよ。この調子で、ガンガン契約を取ってくださいね」

高田は、太陽の先にキラリとメガネを輝かせて、ニッコリと微笑んだ。

「ま、まだ契約を取る気なのか？」

それって、まったく助ける気なんてないってこと？

智也は目の前が真っ暗になるのを覚えた。

「当たり前でしょう。智也さんが飽《あ》きられる前に、稼げるだけ稼いでおかないと」

だったら、自分で稼いだらいいじゃないか。

「そんなのおれは嫌だ」

「嫌だと言っても、この国に入ったんですから、殿下の言うことは聞いておかないと。なにしろ智也さんは密入国者なんですからね。殿下の機嫌を損ねて、バレたら大変ですよ」

「えっ！」

そ、そういえば、パスポートも何も持ってない。

改めて事態の重大さに気がついた智也は、顔を引きつらせる。

「だったら、高田だって…」

そう言いかけた智也の目の前に、『頭《ず》が高い』と言わんばかりに、高田がパスポートを突きつける。

「ビザもパスポートも、このとおりちゃんと持ってます」

な、なんで？　自分だけ用意してるなんて、ズルイ！

「一緒にくるなら、持ってきてくれてもいいじゃないか」

必死で食い下がる智也に、高田は至極冷静に答える。

「急いでいたので、忘れてました」

「嘘だ。絶対、嘘に決まってる。そんなものがなかったら、勝手にマハティールのもとから逃げだせないだろうと思って、わざと持ってこなかったんだろう？」

きっとそうに違いない。

「…………………………………、そんなこと、するわけないじゃないですか」

い、今の間って……？

それが、全てを物語っていた。

「どうしよう。バレたらいったいどうなるんだよ」

外国でパスポートがないと知った智也は焦る。

それがないと、何もできないばかりか、日本に帰るための飛行機のチケットだって買えやしないのだ。

しかも戒律《かいりつ》の厳しい国。こんなことがバレたら、いったいどうなってしまうのか、まったく想像がつかない。

またもやハメられて、ダラダラと冷や汗を流す智也に、高田が優しく語りかける。

「大丈夫ですよ。バレなきゃ、首は飛びません」

「首っ！」

高田の言葉に、智也はますます青くなる。

そんな智也を尻目《しりめ》に、高田はマハティールのほうへと向き直ると、隙《すき》のない営業スマイルを浮かべる。

「では、マハティール殿下。新しい契約書のほうは、後《のち》ほど本社にお届けにあがりますので、よろしくお願い致します」

「まかせる」

「それじゃ、智也さん。わたしは、倉橋エレクトロンのアムルーン支社に行きますから、しっかり稼いでくださいね」

高田はそんな無責任なことをのたまうと、マハティールに深々とお辞儀《じぎ》をしてから、自分が乗りこむリムジンへと向きを変えた。

「待って、高田」

その高田のスーツの裾をしっかと握り締めて、智也はウルウルと追いすがる。

しかし、商魂たくましい高田には、そんな捨てられた子犬のような瞳が通用するはずもなく、逆に、面白がらせただけだった。

「ま、せいぜい飽きられないように、頑張ってください」

「あっ…」

さんざん脅かしておいて、高田は鼻唄まじりで足早に戻っていく。

その背中を見送る智也の顔は、今にも泣きそうなほど情けないものになっていた。

そんな智也とは対照的に、いたくご機嫌なマハティールはさっさと車に乗り込むと、広いシートにゆったり身を沈める。

そして、高田の言葉にショックが隠しきれない智也は、言われるままマハティールの向かいのシートへと、泣く泣く乗りこんだ。

ACT. 3

空と地面の区別がつかない、一面黄金色の砂漠。

アムルーンは、アラビア海と険《けわ》しい岩山に囲まれた砂漠の中に、蜃気楼《しんきろう》のように浮かぶ小さな王国。

どこまでも続くハイウェイと近代的な高層ビル群に、スーク（市場）と白亜《はくあ》の街並み。ビジネススーツと、白い民族衣装に金銀瑠璃《きんぎんるり》を身にまとう人々が行き交《か》う、古きよきアラブ世界とウルトラ・モダンが両立した国。

熱い砂丘の遥か彼方に揺らめく、摩天楼《まてんろう》のオアシス。

＊

黒塗りのリムジンが五台。列をなして、ゆっくりと走り始める。

『シェリク。父に挨拶する前に、本社へ寄っていく』

マハティールは助手席に座るシェリクに向かって、傲慢《ごうまん》無礼にそう言った。

『ですが、殿下。すでに一時間も、国王様をお待たせしておりますが…』

『少しやり残したことがある。それに、時間にルーズなのは、この国の慣習だ。父上には、久しぶりにきたトモヤに、市内観光をさせていたとでも言っておくさ』

そう言いきられて、シェリクはあっさりと引き下がる。

『仰《おお》せのままに、殿下』

胸に手を当てて一礼すると、素早く運転手に指示を出す。

宮殿へと向かいかけていたリムジンは、プリンスのわがままにもさして慌《あわ》てず、ゆっくりと進路を市街地へと変更した。

アムルーンのメインゲートである空港から市街地までは、近代的なハイウェイで結ばれている。

そこを智也を乗せたリムジンは、軽快に走る。

料金所なんて無粋《ぶすい》なものはなく、そのかわり、ハイウェイの両側には荒々しい岩がむき出しになった山がそびえ立つ。その岩山の間に、金ピカのドームを備えたモスクが見え、アラビック・コーヒー・ポットの巨大なモニュメントが置かれているという、なんとも不自然な演出のオンパレードが続いている。

さすがは、変態マハティールの国だと感心していたら、ふいにその岩山の切れ目から、政府省庁をはじめオフィスビル、ショッピングセンター、個人の邸宅といった近代的な建物が、まるで映画のセットのように整然と建ち並んだ近代都市の風景が、目に飛びこんでくる。

智也は、見慣れたはずの景色が車窓を流れていくのを見つめながら、いっこうに立ち直れないでいた。

まだまだ逃げる手段はあると思うのに、高田に見捨てられたということが、いまさらながらにずっしりと肩にのしかかっている。

しかし、そんな感傷的な気分も、後部座席の向かいに不遜《ふそん》な態度で座る、わがままプリンスの一言に台なしにされてしまうのだ。

「どうした、トモヤ。久しぶりのアムルーン観光は、涙がでるほど嬉しい？」

すっかり悲劇のヒロインとなっていた智也は、マハティールの言葉にムッとする。

「その反対に決まってるだろ」

この国には、もう二度とくるものかと思っていたのだ。なのに、何が悲しくて、諸悪の根源であるマハティールと、楽しい観光をしなきゃいけないのか。

「たしか、二年ぶりだったかな、この国にくるのは。なにしろ、去年の八月のわたしの誕生パーティーにはこなかったし」

うっ！

また、そんな前のことを持ち出すなんて……。

目の前に、近代都市を見据えながら、マハティールは悠然《ゆうぜん》と微笑んだ。

智也は向かい側に座る意地悪天使に、蒸し返されたくないことを言われて、顔を引きつらせる。

「もう、そんなになるかな」

「一昨年の誕生パーティー以来だからね。ホントにきみは冷たいな。わたしは会えなくて、寂しかったというのに」

ドキン！　と智也の胸が高鳴った。

白い頭布から零《こぼ》れた金の髪が、窓から差しこむ眩しい太陽に透けて、マハティールの美しさをさらに際立《きわだ》たせている。

どんなにわがままで、横暴で、傲慢でも、やっぱり天使のようにキレイなこの顔が好きなんだと、確認させられてしまう。

しかし、

「でも、わたしのパーティーをすっぽかしたんだ。よほどの用があったんだろうね」

「えっ……！」

今の今まで涙がでそうになっていた智也の顔から、ガマの油のように冷や汗が流れだした。

「だ、だから、あのときは出張で…」

「去年の八月。わざわざ、わたしの誕生日を選んで出張？」

あ…ははははは、は…。こ、怖い。

笑いも乾くマハティールの言葉に、智也は喉を引きつらせる。

今になって去年のことを蒸し返されて、よくない予感に智也は焦った。

「仕事なんだから、仕方ないだろ」

「ずいぶん、仕事熱心だね。だったら、もっとベッドの上でわたしを楽しませることも、覚えることだな。それが、今日からきみの仕事なんだから」

「なっ…。おれは、そんな仕事したくない」

ベッドの上で、ご機嫌取ったり、媚《こび》を売ったり。

そんなこと、できるか。

「ダメだよ。ちゃんと契約はしてあげたんだから。きちんと仕事はしてもらわないと」

本人を無視して、勝手に交わした契約なんて、クソくらえだ。

「だったら、契約した高田とすればいいじゃないか」

そうなのだ。

高田が契約したんだから、高田が相手をすればいいんじゃないか。

ナイス・アイデア！　と思ったのも束《つか》の間。

「酷いな、きみは。そうやって、わたしの愛を試すのかい」

そんなもの、怖くて試せるものか。

試したりなんかしたら、生きるか死ぬかの瀬戸際に立たされてしまうのだ。

「なら、去年のパーティーをすっぽかしたときの罰も、必要かな」

「えっ！」

寝耳に水とはこのこと。

つまらない意地を張ったせいで、自分に跳ね返ってくるとは……。

さっきまで、人をさんざんいたぶっていたのに、まだするつもりなのだ、このエロバカ王子は。

それも、この車内で。

「あの、マハティール…」

なにも、リムジンの中でノルマを要求しなくても、城に入ったら否応《いやおう》もなくベッドに引きずりこまれるんだから、それからでもいいではないか。

しかし、すでに車内の雰囲気は、妖しいもので……。

「ここで抱かれるのと、口でするのとどっちがいい?」

ニッコリと、それはそれは優しいロイヤル・スマイルでマハティールは微笑んだ。

そのロイヤル・スマイルの下で、怒りの炎が燃え盛っているのは言うまでもない。

やっぱり、そうくるのかと思ってはみたものの、これ以上何を言っても逆効果。

いや、それ以上に酷い仕打ちが待っているかもしれないのだ。

それを考えただけで、背筋が寒くなる。

智也は、ついに傲慢無礼なプリンスに涙を飲んだ。

「く、口がいいです…」

どうせ日本でも、リムジンの中でご奉仕させられているのだ。いまさら、一回や、二回……。

「素直だね、トモヤ。わたしの城でもそれくらい素直にしてたら、楽しいベッド・ライフを約束するよ」
そんなもの、約束するな。
ちくしょう！　見てろよ。絶対、絶対、逃げてやるからな！
心の中でそう叫びつつ、智也はリムジンの中で、マハティールの足元に跪《ひざまず》いた。

ACT. 4

市街を走るリムジンが、ひときわ目を引く近代的な超高層ビルの前で停まる。

『殿下、本社に到着致しました』

今、まさに、智也がマハティールの足元に跪いたそのとき、シェリクが仰々しくもリムジンのドアを開いた。

ここは、マハティールが社長を務める会社の本社ビル。

「残念。タイム・アップだ」

た、助かった。

智也は心底、ホッとした顔をする。

「なんだい、その顔は。心配しなくても、城に帰ったらすぐに抱いてあげるよ」

そう言いながら、外に出ていくマハティールの背中に、リムジンの中で智也はこっそり中指を立てる。

が、

「あぁ、それから…」

ふいにマハティールが振り返り、バッチリ目があってしまった。

しまった！　と思っても、もう遅い。

「どうやら、まだまだ主人に対する礼儀を教える必要があるようだね」

またもや自分で墓穴を掘った智也である。

『シェリク。わたしが戻るまで、トモヤを見張っておけ。まだまだ逃げようと考えているようだからね』

そう言い捨てると、マハティールは護衛を引き連れて、ビルの中へと入っていく。

チャーンス！

もう二度と巡ってこないと思っていたのに、こんなところでチャンスが待っていようとは。

智也は、リムジンの外でマハティールに向かって深々と頭を下げるシェリクを見て、思いきってドアを開いた。

そのまま、いっきに走りだす。

「あ、トモヤ様っ！　どこに行かれるんですか、トモヤ様っ…」

気づいたシェリクが慌てて追いかけようとするが、そこはかなりのご老体。

もうあとがない智也の必死の逃亡に、ついていけるわけがなかった。

市街の道路を一目散《いちもくさん》に逃げる智也の姿を見送って、呆然《ぼうぜん》と立ち尽くす。

どんどん小さくなる背中を見送って、ハッと我に返ったシェリクは、急いでビルの中へと駆けこんだ。

こうして智也の逃亡は、成功したかのように思えた。

しかし、いまさらマハティールの魔の手から、そう簡単に逃げだせるわけがないのである。

＊

「あ、あった」

ゼェゼェと、息を切らせて智也は目の前のビルを見上げる。

気温は、すでに四十度。

そんな中、全力疾走で走ってきた智也は、流れる汗も気にせずに、高層ビルの中へと入っていく。

エレベーターへ飛び乗ると、三十八階までノンストップで上がる。

倉橋エレクトロン・アムルーン支社、海外事業統轄《とうかつ》部。

智也はエレベーターを降りると、そう書かれたドアに入っていった。

このビルの三十二階から、三十八階までのフロアは、すべて智也の会社が貸し切っていたのである。

「智也さんっ」

最初に驚いたのは、先にきていた秘書の高田である。

「た、高田…」

「どうしたんですか？」

汗だくで、せっかくのアルマーニのスーツも着崩れた姿に、高田は眉をひそめた。

「まさか、逃げてきたんじゃ…」

いきなり図星を指されて、智也は言葉に詰まる。

それを見ていた高田は、大きなため息をついた。

「またですか」

「だって、あのままマハティールの城に行ったら、犯り殺され……！」

そう言いかけて、ようやく智也は、他の社員達がいることに気づいた。

言葉を切った智也を、高田は支社長室へと促した。

「言ったはずですよ。パスポートがないと、この国を出ることすらできないって。まぁ、逃げてきたものは仕方ないですけど、ちゃんと埋め合わせはしてもらいますよ」

支社長室へと向かいながら、高田は智也を叱咤《しった》する。

口は厳しいが、追い返されずにすんで、智也はホッと胸をなで下ろした。

やっぱり、高田も人の子。やっと気持ちをわかってくれたのかと喜んで、これで日本にも帰れるかも、などと甘い夢を見る。

が、高田の言う埋め合わせというものが、とんでもないものだということを、智也はすぐに知ることとなる。

「支社長。智也さんを連れてきました」

軽くノックをしてドアを開いた高田に続いて、智也も中に入る。

そして、この世の終わりを見ることとなる。

「智也さん。よくきてくださいましたね」

そこには、非常に嬉しそうな顔をした支社長が、至極ご機嫌で出迎えてくれた。

しかし、

「マハティール殿下、直々《じきじき》に今度の契約に関して、足を運んでいただいたんです。それもこれも、智也さんが親密にしていただいてるおかげですよ」

実に嬉しそうに笑う支社長の横で、白い民族衣装に身を包んだ天使の笑顔で微笑む、悪魔が立っていた。

「ご苦労だったね、トモヤ」

で、出たぁ……！

なんで？　どうして、マハティールが先にいるんだ？

動揺を隠せない智也は、顔を引きつらせて立ち尽くす。

「申し訳ないが、トモヤに内密の話があるので、人払いをしたいのだが」

マハティールの申し出に、支社長以下全員は、快く部屋を出ていく。

しかし、高田だけは、呆然とする智也に、ちゃんと埋め合わせはしてくださいね、と耳打ちして出ていった。

これが、高田の言っていた埋め合わせなのだと、気がついたときには、時すでに遅し。

二人っきりの部屋に、気まずい空気が流れる。

「あ…あの、マハティール。これは…その……」

いまさら弁解の余地など、これっぽっちもないのだが、つい言い訳したくなる。

しかし、ゆっくりと近づいてくるマハティールは、まったく取り合おうとしない。

「言っただろ。逃げたら、砂漠の果てだろうと追いかけて、犯してあげるって。覚悟しておくんだな。二度と外には出られないように、城の奥に閉じこめてあげるよ」

ま、まさか。やっぱり、行き先はハーレム。

「ハーレムだけは、嫌だ」

智也は必死の形相で叫ぶ。

そんなところに入ったら、一生、マハティールの相手をさせられるじゃないか。

そうなったら、きっと早死にするにちがいない。

しかし、今でも、自分から寿命を縮めているようにしか、思えないのだが。

「だったら、わたしの言うことはちゃんと聞くんだな」

そう言って、マハティールは智也を抱き寄せた。

けれど、そんなことができるなら、はなから逃げようなんて思わないものである。

「城に戻ったら、さっきの分と、この分はきっちり清算してもらう」

引き寄せられた額に、マハティールの唇が押し当てられる。

そして智也は、白い頭衣に包みこまれて、リムジンに再び乗りこんだ。

バラの香り漂う高貴なプリンスと、哀れな捕らわれ人を乗せたリムジンは、目的地に向かってひた走る。

市街地を抜け、少し高台へと走っていくと、ハイウェイに沿って官公庁の建物がずらりと並び、外国の大使館、領事館、外交官の住居が多く見られるようになってきた。

その先を左のほうへカーブしていくと、突如《とつじょ》として白塗りの城壁が現れ、それに沿って走っていると目の前に、屈強な警備員数名で厳重に守られた巨大な門扉が厳《おごそ》かに立ちはだかる。

防犯チェックも厳しく、センサーが車体のナンバープレートを識別して、ようやく門が開かれる。

ナツメヤシの木が茂り、デーツの実がたわわに実っている私道を、リムジンはゆっくりと進んでいく。

門をくぐってかれこれ十五分。

密林のような雑木林を抜けると、そこはさながらアラビアン・ナイトの国。

水が貴重な砂漠地帯において、まさに湯水のごとく湧き出る噴水。金と緑に彩られた巨大なドームと、天を突く真っ白いミナレット（尖塔《せんとう》）がいくつも並ぶ、白亜の宮殿。

アル・カシム・パレス。

神殿のごとき黄金の輝きを持つ、眩《まばゆ》いばかりの王宮である。

リムジンは、バラの花が咲き乱れる庭園を横目に、アラベスク・スタイルの大理石の門をかまえた玄関前で停まった。

「ようこそ、トモヤ。今日からここが、きみの家だよ」

艶然《えんぜん》とロイヤル・スマイルを浮かべるマハティールに、智也は顔を引きつらせる。

ついに、くるとこまできてしまった。

アムルーン王国の宮殿。現国王の住居である王宮。その敷地内には、王族の城がいくつも存在する。

相変わらずの派手さに、車内から出た智也は大きなため息をつく。

何度きても、この金ピカな成り金趣味には、ついていけそうもない。

なのに、今日からここに住むことになるなんて。

「さて、とっとと帰国の挨拶をして、わたしの城に行くとしよう」

しかし、智也の気持ちなどおかまいなしに、マハティールはズカズカと中へ入っていく。

いや、別に自分の家だから、それはいいんだけど。

でも、智也は自分がそのあとをついて行かなければいけないのが、納得いかない。

それでもここまできたら、もう腹をくくるしかなかった。

智也は、なけなしの根性で門をくぐる。

玄関から続く長い回廊は、近代的な様相を呈《てい》しているものの、天井は半円状のドームになった吹き抜けになっており、アラベスクの装飾を施《ほどこ》したスパンドレル（三角形の小窓）や幾何学模様《きかがくもよう》の入った格子細工《こうしざいく》の透かし窓など、伝統的なイスラム建築様式が加えられている。

贅沢にもステンド・グラス張りになっている壁の一部からは、自然光が差しこんで、とても開放的な雰囲気だ。

しかし、金の装飾文字をびっしりと施された柱が支えているアーケードを抜けると、ふいに当たりは厳かな様子を呈する。

白い大理石の円柱がいくつも並び、吹き抜けの天井にはダイヤモンドを散りばめた豪華なシャンデリアが光のシャワーを浴びせかけている、広いエントランスホール。

その奥に、控えの間を置いて、真っ白な重い扉で仕切られた謁見《えっけん》の間がある。

智也は、マハティールに促されて、控えの間で待つこととなった。

「トモヤ、おとなしくここで待っておいで。いい子にしてたら、褒美《ほうび》に極上の首輪をあげよう」

謁見の間に入ろうとしたマハティールは、優しく微笑みながらそう言った。

「首輪…？」

犬や猫の子じゃあるまいし、なんでそんなものを。

「そうすれば、この広い敷地内で迷っても、きみが誰のモノか一目でわかる」

ついでに、逃げることもできなくなるだろう、とクギを刺すのを忘れない。

「いるか、そんなものっ！」

結局、犬猫と同じ扱いじゃないか。

智也の罵声《ばせい》を鼻で笑いながら、マハティールはシェリクを伴《ともな》って、悠然と国王の待つ謁見の間へと入っていく。

その背を見送る智也の目が、キラリと光る。

チャーンス！

「うっとうしいマハティールの護衛は、玄関の所で別れたし、シェリクも一緒に入っていった」

王宮の護衛は、エントランスホールに詰めているだけである。

つまり、この控えの間には、智也一人。

これでは逃げてくださいといわんばかりだ。

「王宮に入って油断したな」

まだまだマハティールも甘い。

首輪なんてつけられる前に、逃げるが勝ちだ。

さっきまでの、囚人気分もどこへやら。智也はすでに、勝ち誇ったような気分になっていた。

しかし、入口のあの厳重な警備の中を逃げ出さなきゃいけないことには、まだ頭は回っていないようだ。

マハティールだとて、馬鹿《ばか》ではない。

そう智也に何度も逃げだされないように、ちゃんと考えてはいる。

けれど、懲《こ》りずに逃げようとするのが智也なので、ついでに穴ぼこだらけの計画に付け込まれることも多いのが事実だ。

そして、今まさに、それがしっかり実証されようとしていた。

「さーてと、どうやって逃げよっかな」

鼻唄まじりで、庭に面した窓を覗《のぞ》きこんだ。

その背後に、黒い影が忍び寄る。

「…うわっ！」

いきなり、後ろから抱きすくめられて、智也は焦った。

もう挨拶が終わったのか？

まずい。逃げようとしてたのがバレたら、またもや酷い目にあわされる。

「あの、マハティール。これはちょっと外を見てただけで、別に逃げようなんて考えてたわけじゃ…」

が、状況は、もっと悪いもので……。

「おやおや、わが弟殿と間違えられるとは、光栄だな」

えっ！

智也は、聞き覚えのある声に、慌てて振り向いた。

「ジャミル殿下っ」

そこには、マハティールの兄で、カシム家の第一王子。スルタン・ビン・ジャミル・アル・カシム、二十九才が立っていた。

「相変わらず、逃げることばかり考えているようだな、トモヤ」

立派な髭《ひげ》がいかにもスケベそうな顔に、智也は青くなる。

しかし、分厚い扉は防音効果バツグンで、謁見の間からは誰も出てくる様子がない。

「どうしてここに…？」

などと、間抜けな質問をしている場合じゃない。

ジャミル殿下がここにいるのは、至極当然のことなのだ。

問題は、この体勢。

以前、この男に盛られた媚薬《びやく》のせいで、恥ずかしい痴態《ちたい》を晒《さら》してしまった智也は、またもや、よからぬことを考えているのでは、と思いっきり焦る。

「殿下はいつ、帰国を？」

「つい、さきほどな」

「そうですか」

「で、マハティールは父に挨拶か？」

「は…はい…」

なかなか体を離してくれないジャミル殿下に、智也の警戒心が強くなる。

「ふふ……。なにも、そんなに警戒しなくても、よいではないか」

言われてさらに体が強張《こわば》る。

「しかし、マハティールも馬鹿よの。そなたを一人にするとは。それとも、逃げる必要がないくらい、仲良しになったかな」

「まさか。そんな仲に、なるわけないでしょ」

智也は即座に否定する。

誰が、あんなエロバカ王子と仲良くなりたいものか。

しかし、それがいけなかった。

「なるほど。それで、逃げようとしてたのか。だったら、わたしの城に連れていってやろう」

「えっ！」

「媚薬を入れられて、のたうち回るそなたの姿は、なかなか官能的だった。わたしのハーレムに入れば、マハティールからは逃げられるぞ」

確かにマハティールからは逃げられるけど、それって、もっと最悪なんじゃ。

「お断りします」

マハティールも嫌だけど、ジャミル殿下とは比べようもないくらい、顔だけは…、いや、体もちょっとは好きかな。

しかし、マハティールよりも、蝶《ちょう》よ、花よと育てられた第一王子。

人のモノはなんでも欲しがるジャミル殿下は、嫌がられると余計に無理強《じ》いしたくなるという、最悪の性格を持ち合わせていた。

「わたしの申し出を断ったのは、そなたで二人目だな。しかし、この国ではマハティールよりもわたしのほうが権力は上。逆らうだけ、無駄というものだ」

「ちょっ…、ジャミル殿下、苦し……………っ！」

背後から抱きすくめられていた智也は、首を絞《し》め上げられて、言葉を失った。

「ふ…、たわいもない。これで、マハティールの困った顔が見られるというものだ」

どうも二人は反《そ》りが合わないようで、なにかと反発しあうのである。

それも、もとはといえば、幼いときから兄が弟のモノをなんでもかんでも奪っていくのが原因だというのに。

懲りずに、今回もまた、ジャミル殿下はマハティールのモノを奪おうとしていた。

「まぁ、せいぜいマハティールよりも、可愛《かわい》がってやるとしよう」

重く閉ざされた謁見の間の扉に視線を向けて、ジャミル殿下は不敵な笑みを口許《くちもと》に浮かべた。

ACT. 6

夢見心地で、智也はベッドに寝ている。

ふかふか、ほわほわ。なんとも言えない寝心地が、非常に気持ちいい。

その体のある一点に、何かが触れる。

「……ん…っ」

気持ちいいような、くすぐったいような感触に、わずかに体を捩った。

しかし、絡みついてくるような感触は、いっこうになくならない。

そればかりか、ますます激しく熱く触れられて、重い瞼《まぶた》がうっすらと開いていく。

「あれ……、ここは？」

黄金の柱で支えられた天蓋《てんがい》に、智也はハッとなる。

たしか控えの間で、ジャミル殿下に首を絞められて……。

と、いうことは、ここって、

「ジャミル殿下のハーレムっ」

ガバッと起き上がった智也は、自分の体を見て驚いた。

げっ！　すっぽんぽん。

しかも、思ったとおり、見たこともない趣味の悪い成り金インテリアが、ジャミル殿下の部屋だと物語っていた。

そして、目の前には髭を生やしたスケベ親父《おやじ》。いやいや、アムルーンの第一王子にして正当な王位継承者が、ヨダレを垂《た》らさんばかりのいやらしい顔で、智也の大事なところに、褐色《かっしょく》の指を絡みつかせている。

「な…、何してるんですか、殿下？」

「おや。気がついたかい、トモヤ」

なにが気がついたかい、だ。こんなことされてたら、嫌でも気がつくわ！

「やめてください、殿下」

慌てて智也は指を引き剥《は》がそうとする。

が、逆にジャミル殿下に、ベッドへと押し倒されてしまった。

「せっかく目が覚めたんだ。楽しもうじゃないか」

なにが、せっかくなんだ。

すでに手が出てるじゃないか、手が。

「何言って…、人が寝てる間に、変なことしようとしてたくせに」

「寝ている相手を襲っても、面白くはない。やはり、多少の抵抗は、最高の悦楽をもたらすものだからな」

「……あ…、やめっ…」

白い長衣《ちょうい》を脱ぎ捨て、再び股間に伸びるジャミル殿下の指を、必死で止めようとする。

「ふふ…。嫌がる相手を無理やり凌辱するというのも、たまらなく甘美《かんび》なものだ。そなたも、どれだけ嫌がっていても、最後には快楽にむせび泣いて、わたしに尻を突き出すようになってくる」

それだけは、絶対にしたくない。

マハティール以上の変態ぶりに、智也は目眩《めまい》を覚える。

しかし、油断してたらジャミル殿下の指が、双丘《そうきゅう》の狭間《はざま》にまで伸びてきて…。

「…や…っ……ぁ…っ」

ここで負けたら、絶対、後悔する。

それに、二度も同じ目にあうなんて、ごめんだ。

智也はなりふり構わず、必死で抵抗した。

「うおっ…」

そのかいあって、見事、ジャミル殿下のみぞおちに蹴《け》りがヒットした。

やった！

このさい、第一王子だとか、王位継承者だとかは関係ない。

智也はベッドに体を折り曲げて苦しそうに呻《うめ》くジャミル殿下の手からすり抜けると、側にあった彼が脱ぎ捨てた白い長衣を手に取った。

一瞬、嫌〜な気分になったものの、自分の服はモチロン、他に目ぼしい物も見当たらないのでは、そんな贅沢言ってられないと、急いで被って部屋から逃げだす。

しかし、部屋を出て、智也は慎重に辺りを見渡した。

外はすでに、夜の帳《とばり》が下りている。天窓から差しこむ光は、砂漠の空に冴《さ》え渡る月明かり。

もし、本当にここがハーレムなら、こんな所を見つかったら、主人以外の男はみんなアソコをチョン切られてしまう。

だが、見つからないようにコソコソ見ていると、女の姿は小間使いくらいしか見当たらず、しかも、アラブの白い衣装を身につけた男が、チラホラいるではないか。

どうやら、ハーレムには連れていきにくかったのか、ここは第一王子の住居として使われているお城のようだ。

おかげでアソコをチョン切られるんじゃないかと、ビクビクすることもなく、無事、脱出することができた。

＊

「た、助かった…」

智也は、ジャングルのように茂るナツメヤシの雑木林を駆け抜け、明るい月明かりのもと、ようやく人心地ついた。

しかし、ここでまごまごしていては、もとのもくあみ。

なにしろ、どこまで行っても、カシム家の敷地内なのだ。

まったくこんな広い敷地を一族だけで持ってるなんて、だからお金持ちはわがままになるんだよ。

なんでもかんでも手に入るなんて勘違いも、してしまうのだ。

おかげで、なんの罪もない一般庶民が迷惑をこうむるというのに。

ホントに、なんだって、こうも災難ばかりが降りかかるのか。

「なんとか、日本に帰れないかなぁ…」

ふと目の前に、明かりが零れる大理石のアーチが並ぶ柱廊《ちゅうろう》を見つけて、目を凝《こ》らす。

いつの間に、雑木林を抜けていたのか、智也の周りはバラの花で埋め尽くされていた。

「あれ…、ここって…」

甘く、艶《あで》やかなバラの香りに、覚えがあった。

「ま、まさか…」

このバラ園は…。

「おかえり、トモヤ」

キョロキョロと辺りを見ていた智也は、建物の中から声をかけられて、思いっきり驚いた。

恐る恐る声のするほうを見て、ヒクリ…と頬を引きつらせる。

そこには、流れるような金の髪を月明かりに晒しながら、両腕を胸のところで組んだ天使が、すこぶる不機嫌な様子で、モザイクタイルの柱廊に立っていた。

いつもはアクアマリンのように澄んだ青い目が、月明かりに妖しく輝いている。

「主人よりも遅く帰ってくるのは、感心しないな」

ひぇぇぇぇぇ……！

やっぱり、ここはマハティールのお城。

いくら逃げることに必死だったからって、この強烈な香りに気がつかなかったとは。

智也は、ゆっくりとバラの庭に足を下ろして近づく城の主を見ながら、自分の愚《おろ》かさを呪った。

しかしすでに、マハティールのテリトリーに足を踏み入れてしまっていては、逃げることなんて無理。

ここはいっちょ、笑って誤魔化《ごまか》すしか方法はない。

「た…ただいま、マハティール殿下」

情けないけど、ここでご機嫌を取っておかなければ。

智也は目の前に立ちはだかったプリンスに、思いっきりの笑顔を向ける。

しかし、月明かりに甘く艶やかなバラよりもなお、匂い立つようなマハティールの美しさに、なぜか心が落ち着かない。

案の定、智也の小細工など、今のマハティールには通用しなかった。

「それは、兄、ジャミルの服？」

げっ！　しまったぁ…。

素早く見とがめられて、智也は焦る。

「あの、これにはわけが……、ぁ…っ！」

いきなり物凄《ものすご》い力にねじ伏せられて、智也は柱廊の中へと引きずられていく。

「何するんだよ、マハティールッ」

アーチ型の柱が並ぶモザイクタイルの廊下に、バラが咲き乱れる庭が見えるように後ろ向きに立たされて、智也は抗議の声を上げる。

しかし、そんな言葉には何も答えず、マハティールは髪を束ねていたシルクのリボンを解くと、背後から智也の右手と右足を一緒に、腰ぐらいまであるアーチ型の大理石の手すりへと括《くく》りつけた。

後ろから、有無《うむ》をいわさず手すりの上に右足をあげられ、左足だけで立つというバランスの悪さに、智也は庭に倒れこみそうになって、慌てて大理石の手すりにすがりつく。

と、いきなり背後から、着ていた白い長衣の裾をめくり上げられた。

「…や、やだ……っ、やめっ…」

月明かりの下。智也のお尻が晒される。

服だけではない。下着も見当たらなかったのだ。いや、探していたら、きっとあのまま変態オヤジの餌食《えじき》になっていた。それを阻止するために、着の身着のまま逃げてきたのだ。

だから、ジャミル殿下の長衣の下が裸でも、それはそれで仕方のないことで。

しかし、マハティールにそこんところの事情なんてわかるはずもなく……。

「てっきり、逃げだして迷子になっているのかと思っていたけど、なるほど、わたしをほったらかして、兄とお楽しみだったとはね」

バラの花園に向かって右足をあげ、恥ずかしい所を背後にいるマハティールにまる出しにしてては、言い訳も何もあったものではない。

毎度毎度、こんな恥ずかしい恰好ばかりさせられて、智也は泣きたくなった。

それでもちゃんと言い訳しなければ、あとに待つのは、謂《いわ》れのない仕打ち。

「ちがっ…、これは……ぁ…」

けれど、智也が何か言うよりも早く、マハティールの手が双丘の丸みを押し広げた。

「あざといね。油断も隙もあったものではない」

そう言いながら、広げた双丘の間に指をもぐりこませていく。

「……あっ…」

恐怖に強張る体を無視して、長くしなやかなキャメル・ブラウンの指が、奥へと入りこみ、頑《かたくな》に閉じた小さな蕾《つぼみ》を探り当てると、指でまさぐった。

「……っ…いやだ……、やめ…っ…」

無理にこじ開けられそうになって、鈍い痛みが体を突き抜ける。

指で触れられるたび、固く閉ざした蕾の薄い粘膜が、悲鳴を上げる。

背後で繰り広げられている行為に、なんとか逃げようと体を捩るが、いかんせん、右手と右足を腰ぐらいまである大理石の手すりに、リボンで括りつけられていては、思うように動けず、されるがままであった。

「…ぁ…っ…、やだ…、…あぁっ…」

それをいいことに、嫌がる智也の蕾にマハティールは侵入を試みる。

ゆっくりと指の先が入りこむ。

「指、一本というところか」

何度も慣らされた蕾は、多少の抵抗はあるものの、その奥深くへとマハティールの指を受け入れていく。

「ここには入れられていないようだね」

「…だから、違うって……っ…あぁっ！」

指を抜き差しされて、体が強張る。

何度も経験しているとはいえ、やはり異物が出入りするのは、耐えがたい不快感がある。

「どうせわたしから逃げたいがために、兄に取り入ったのだろう」

「……ぁ…っ……やめ……、うっ…ぁ」

こみ上げる気持ち悪さに、智也はギュッと目を閉じた。

「せっかくわたしが用意してあげたのに、自分から服を脱いで、足を開いたに違いない」

「そんなこと、してな…っ…」

そこに、さらに不快感を煽《あお》るように、二本目の指が差し入れられる。

「あっ…、いやだ……、…ぁ…あっ」

二本の指で激しく中をかき回されていくうちに、鈍い痛みとともに、じわじわと甘い痛みが沸き上がってくる。

やばい！

触れられてもいないのに、男の証が頭を擡《もた》げてきて、智也は焦った。

確実にポイントを押さえてくるマハティールに、智也は成す術《すべ》もなく、反応するばかり。

「わたしを好きだと言ったり、兄に媚を売ったり。きみは、相当淫乱《いんらん》なのかな」

無理に入れられた指は、幾度となく出入りを繰り返すが、そう簡単に蕾が広がるわけもなく、激しさをます指の動きに圧迫されて、智也の喉がのけ反る。

「…ぁ…、マハティール……、やだ…っ」

痛みと快感の波間で翻弄《ほんろう》され、息づかいが乱れる。

バラの花しか見ていないと思っても、右足を手すりにあげて、背後のマハティールに全てを晒しているという刺激的な恰好が、さらなる快感をともなって体中を駆けめぐる。

「…あっ…ぁ…、も…やめ……っ」

右手と右足を、マハティールのリボンで戒《いまし》められた体は、抵抗すらままならず、激しく嬲られるまま、声を上げるだけ。

「でも、わたしの指を好きなのは、本当のようだ。これだけでもイキそうだけど、それだとわたしが楽しめないからね。お預けだよ」

「……………ぁ…っ」

ふいに、マハティールが指を引き抜いた。

「それに、トモヤもこれだけでは物足りないはずだろ。もっと好きなモノをあげるから、ちゃんと楽しんでごらん」

素早く民族衣装の上衣をたくし上げると、下にはいている白いズボンの前をはだけたマハティールが、背後から智也に覆い被さっていく。

ホッと息つく間もなく、代わりに当てがわれたモノに喉が引きつる。

「…ひっ……」

熱く猛《たけ》ったプリンスの昂《たかぶ》りが、いっきに秘部の奥へと埋められていく。

「……い…っ…ぁ、あぁっ…!」

背中にのしかかるマハティールに、奥まで深々と差し貫かれて、智也は声を上げて体を強張らせる。

指の次は、熱い塊《かたまり》が蹂躙《じゅうりん》してくることなどわかりきっていたのに、指の動きに翻弄されて、この激痛のことなどすっかり忘れていた。

根元まで深々と埋めこまれて、智也は息も止まりそうになる。

いくら、慣らされてきたとはいえ、はち切れんばかりの昂りを受け入れて、まだまだ体は痛さに悲鳴を上げる。

「…も…、やめ……っ」

何度も犯された内部は、異物を押し出したくて、激しい収縮を繰り返していた。

「そんなに嫌がって見せても、わたしに入れられたら、きみはすぐに快感にむせび泣くくせに」

その言葉に、智也の顔が真っ赤に染まる。

「やっぱり、きみにはハーレムが似合うよ」

天使の顔して、悪魔の言葉を紡《つむ》ぐプリンスに、智也の唇は屈辱にわなないた。

「…ふざけ…ぁ…、やだ…やめっ……、ぁ…」

マハティールが腰を動かしだした途端、体に走った激痛に涙が浮かぶ。

後ろから容赦なく熱い昂りを打ちこまれている体は、逃げようにも戒められていて、片足を上げた恰好では、深々と受け入れさせられるばかりである。

「…やっ……、あ…っ…ぁ…」

何度も責め立てられて、絶え間ない嗚咽が漏《も》れだし、体を駆けめぐる痛みに、ここが外だということも忘れて、智也の声が上がる。

それをさらに煽るかのように、マハティールが前に手を伸ばす。

「トモヤは、お尻を犯されながら、ココを弄られるのが好きだったね」

射精を強要する手の動きに、智也の息が弾む。

「…あぁっ……、やだっ…ぁ……あっ」

片手で輪をつくり、激しく上下に扱かれて、途端に蜜が溢れだす。

「気持ちよさそうだね」

「……やっ……ぁっ…、あぁ…」

マハティールの手の動きに、みるみる頂点へと追い上げられていく。

「こっちもどんどん締まって、やっぱりトモヤとのセックスは最高だな。これほど相性がいい体を、他に譲る気はない」

「…ぁっ…ぁ……ぁっ…っ」

失いかけていた快感が、徐々《じょじょ》に体全体へと伝わり、ピッタリと背中にくっついたマハティールの体の熱さを感じるにつれ、吐息にわずかばかり甘いものが混じりだした。

熱い昂りを受け入れている体の奥ですら、甘い疼きが起こりはじめている。

「やめっ…、ぁっ…あぁ…」

どんどん感じていく体に、智也は必死になって抵抗する。

しかし、マハティールの指で執拗に射精を促された股間は、限界寸前まで昇り詰め、激しく揺さぶられて、最後の時を迎えようとしていた。

「もう限界みたいだね。今はこれでイカせてあげるけど、明日からはちゃんと我慢してもらうよ。でないと、ハーレムでは勤まらないからね」

だからハーレムには入らないって、言ってるだろ！

智也は、そう叫びたかったが、さらに激しくなった腰の動きに、言葉は喘《あえ》ぎ声へと取ってかわられた。

「……っ……ぁ……、あぁっ！」

そして、いっそう深く突き入れた瞬間、背中にのしかかるマハティールは、智也の中に熱い欲望を解放した。

それに続いて智也もまた、体を痙攣《けいれん》させて、白濁としたものをマハティールの手の中に吐き出す。

流れゆく欲望とともに、智也の体からもいっきに力が抜けていく。

右手と右足を戒めていたリボンを外されて、徐々に体が崩れ落ちる。

ジャミル殿下に襲われそうになって逃げ回り、挙《あ》げ句《く》に、マハティールに見つかって激しく責めたてられては、体力も限界というものだ。

その背中を、マハティールの胸が優しく受け止めた。

閉じゆく瞳の向こうで、天使のようなキレイな顔がにっこりと微笑んで、性懲りもなく、ときめいてしまった自分が情けない。

「やはり、きみには首輪が必要だな。明日中には、きみに似合うモノを用意しておくよ」

けれど、マハティールのありがたくも大迷惑な言葉は、意識を手放した智也に届くことはなかった。

ACT・7

真っ白なシーツの海で、一糸まとわぬ姿の智也は、気だるい朝を迎えた。

すでに太陽は高く、気温もぐっと上がってきている。

どこからともなく朝の祈りの声が、バルコニーへと続く開け放たれた窓から、カーテンを揺らす風とともに入ってくる。

そして、ベッドに寝たまま、智也は寝惚《ねぼ》けて思考が働かない頭で、思いを巡らす。

「ここは、いったい……、どこだ？」

子供の頃から出入りしていた、見慣れたマハティールの部屋や客室とはわけがちがう。

豪奢《ごうしゃ》なペルシャ絨毯に、幾重《いくえ》にも折り重なったカーテンがかかる、天蓋付きキングサイズのベッドや、高価な調度品はさておいて、一番不思議なのが、細かい彫刻が施されたいかにも高そうな、横長のミラードレッサー。

こんなもの、絶対になかった。

しかも、そこかしこに飾られたカーテンなどのカラーリングは、淡いピンク。

そしてなにより、西洋とアラビアの文化が絶妙なバランスでコーディネイトされている、マハティールの部屋とも大違いなのである。

知らない間に、模様替えしたのかな？

なにしろ、二年ぶりなのだ。変わっていても、ヘンではない。

けど、それにしては、妙な部屋だ。

しかし、智也の素朴《そぼく》な疑問も、にこやかなロイヤル・スマイルを浮かべて現れたマハティールによって、解決することになる。

「おはよう。よく眠れたようだね、トモヤ」

すこぶる上機嫌のプリンスに、智也はゲッソリとする。

昨夜、あれだけ犯りまくったら、ご機嫌もよくなるだろーさ。

おかげでこっちは、ベッドから起きるのもつらいというのに。

さんざん人を嬲っておいて、すっきり元気なマハティールを、ベッドから起き上がりながら、智也はキッと睨みつける。

「なんだい、その目は。この部屋が気に入らない？　だったら、きみの好きなように模様替えするといい。なにしろ、今日からきみが、ここの主《あるじ》なんだから」

「…………は？」

言われて智也はなんのことだか、さっぱりわからないでいた。

主って、いったいなんだ？

「あぁ、それと。これからは、むやみに逃げださないことだ。でないと、わたし以外の男は、みんなアソコをチョン切られてしまうからね」

「アソコをチョン切るって……」

サァーッ、と智也の顔から血の気が下がる。
ア、アソコをチョン切るって？　それも、マハティール以外の男全部？
「まさか……」

慌ててベッドから立ち上がった智也は、素っ裸なのも、体が重いのも忘れて、石造りのバルコニーへと駆けだした。

そこは、大小様々なミナレットを一望できる、白亜の宮殿から奥深くへと入った、後宮。通称、ハーレム。

「そんな恰好で外に出ると、男だとバレるよ、トモヤ」

目の前に広がる、真っ白なミナレットを眺めつつ、言葉もなく固まった智也に、マハティールが透けるような薄布をかける。

「マ、マハティール…。ここって……」

涙と鼻水でデロデロの顔で振り返る智也は、いちるの望みを目の前のプリンスに託す。

しかし、返ってきた返事は、絶望的なものだった。

「ここは、バラの館《やかた》。わたしの妻の城だよ」

なにがバラの館だ。誰が、妻だ。

「それって、ハーレムのことじゃないか」

「なにか、文句でもあるのかい？」

「大ありだ。なんで、ハーレムなんかに…」

これじゃ、おちおち逃げだすこともできやしない。

「忘れてもらったら困るな。きみには、わたしのベッドの相手をしてもらうんだから、ここが一番適しているだろ。それに、ここなら、他の男に寝取られる心配もない」

うっ！

まだ、昨夜のことを誤解しているのか。

「ジャミル殿下とはなにもなかったって、昨日、あれほど言っただろ」

まったく、何を聞いているんだ。

しかし、情事の最中に、そんなことをまともに聞くヤツのほうが珍しい。

「きみの言葉は信用できないからね。わたしを好きだと言ったくせに、逃げることしか考えていないんだから」

「そ、それは……」

そこをつつかれると、言葉が詰まる。

石造りのバルコニーに座りこんだまま、智也はマハティールがかけてくれた、透けるような薄布をギュッと握り締めた。

「だから、きみがわたしを好きだと認めるまで、ここにいてもらうよ。まぁ、たとえ認めたとしても、わたしが許さない限り、一生ここからは出られないけどね」

あ、悪魔！

やっぱり、顔は天使のようにキレイでも、悪魔以外の何者でもない。

けど、一生なんて、絶対無理に決まってる。

だって、いくら契約のためだからって、跡継ぎが戻らないのは、父さんだって会社だって、困るに決まっているのだ。

しかし、

「あぁ、それから、さきほど国際電話があって、トモヤの父君が無事仕事に復帰したそうだよ。ついでに快気祝いとして、新しいプロジェクトの共同事業を持ちかけたら、いたく喜ばれてね。一生かかっても、きみにわたしのご機嫌を取るよう、言っておられたよ」

ガーン！

やっぱり、息子よりも、会社が大事なのか。

「で、でも…。おれ、パスポートもなにも持ってないから、密入国になるし…」

それでも、最後の望みは捨てない智也である。

こんな経歴を持っていては、プリンスの恥になると、裸同然の恰好《かっこう》で食い下がる。

「きみは、大事な人だからね。わたしがこの身を挺《てい》して、守ってあげるよ」

にっこり、とそれはそれは飛びきりのロイヤル・スマイルで、思わぬ優しい言葉に、智也ははからずも胸を高鳴らせる。

ばか、ばか、ばか。

相手は無理やりハーレムで、ベッドの相手をさせようとしている、わがまま王子なんだぞ。

いくら顔だけは好きだからって、ときめいてたら……。

智也は咄嗟《とっさ》に、大事なところを押さえた。

昨日、あれだけ出したというのに、またもや反応してしまった自分が情けない。

こんな状態では、この先ずっと相手をさせられて、自分のほうが虜《とりこ》になったりしたら……。

怖い考えになって、智也はかぶりを振った。

それもこれも、Hのうまいマハティールが悪い。

でも、どんなに嫌がっていても、あのキャメル・ブラウンの指に触れられると、なぜだか気持ちよくなってしまうのが、不思議だ。

そのせいで、ちょっとはマハティールの相手もいいかな…、なんて気持ちになってしまうときもあるのだ。

けれど、

「それに、パスポートを持っていなくても、ハーレムにいれば国外退去も免《まぬが》れる。なにしろここは法律すらも関与できない、バラの牢獄だからね」

「え？　国外退去って……」

言われて智也は、ハッとする。

そうだ！　パスポートがないのがバレたら、国外退去だったんじゃないか。

秘書の高田に、さんざんビビらされたせいで、すっかり変な方向に考えてしまっていた。

なんて、ばかなんだ。

「ちくしょう。また、騙されたぁ」

智也は頭を抱えて、叫んだ。

だけど、いまさらそんなことを思っても、すでにここはハーレム。バラの牢獄。

しかも、せっかく見つからないように隠していた大事なところを、マハティールに見つかってしまった。

「おや、昨日したくらいでは、足らなかったようだね」

「えっ！　ちが…、これは…」

慌てて智也は、大事なところを隠す。

が、もう遅い。

だいたい、この薄布一枚じゃ、隠せというほうが無理なのだ。

「どうやら、ノルマの回数を増やしたほうがいいみたいだな」

「そんなもの、増やさなくてもいいから、服を出してくれ…」

「ダメだよ。こんなにきみに溜めこませるなんて、ハーレムの主として、申し訳ないからね。服なんて、着てる暇がないくらい愛してあげる。かわりに、首輪を用意してあげてるから」

だーかーらぁ！

人の話を聞けってば、この…わがまま王子。

しかし、すっかり犯る気のマハティールは、智也を抱き上げると、ベッドへと戻る。

「やめろってば、マハティール！　はな……んんっ…」

新婚の花嫁よろしく、智也は熱い口づけの嵐にあう。

「ウソは言わない。アッラーと、バラに誓って、きみを満足させてあげるよ」

「そんなこと、誓うなーっ！」

哀れ、バラの牢獄に閉じこめられることとなった智也の悲鳴が、穏やかなハーレムにこだまする。

ハーレムがなんだ。誰が一生、ベッドの奴隷で終わるものか。

智也には、このままマハティールの言いなりになって、ベッドの奴隷で終わる気などさらさらない。

いつか、絶対、絶対、逃げだしてやる。

体力絶倫のプリンスにのしかかられながら、智也はそう固く誓っていた。

＊

蜃気楼に浮かぶ、摩天楼のオアシス。
どこまでも続く黄金色の砂漠。
ここが智也の第二の故郷になるかは、神のみぞ知る……、である。

END

ワガママ王子に危険なキス

果てしなく続く黄金色の砂漠の中に、ぽっかり浮かんだ摩天楼《まてんろう》のオアシス、アムルーン。

豊富な石油資源のおかげで、世界でもケタ外《はず》れのお金持ちとして有名な、この小さな王国を統《す》べるカシム家の金で彩《いろど》られた流麗華美《りゅうれいかび》な白亜《はくあ》の城に、今日も甘美《かんび》な絶叫がこだまする。

ACT. 1

真っ白なミナレットが連《つら》なる後宮の一角。通称・バラの館。

倉橋智也《くらはしともや》が、その…なんとも淫靡《いんび》で淫《みだ》らな呼び名のハーレムの虜《とりこ》になってから、一週間。

あまたの姫君を押し退《の》けて、カシム家の第二王子である、アブドゥル・ビン・マハティール・アル・カシムの受けたくもないご寵愛《ちょうあい》を一身に集めたせいで、日毎繰り返される行為に、体力・気力もすでに限界だった。

「ちょ、ちょっと待った、マハティール！　もう……、絶対無理だって…」

天蓋《てんがい》つきベッドの上。

智也は、裸の体でベッドの柱にしがみつきながら、わずかに残った気力で、目の前に近づく天使の姿を借りた悪魔の手から、必死で逃れようとしていた。

灼熱《しゃくねつ》の太陽はすでに天高く昇り、砂漠の気温はグッと暑くなっている。

その太陽よりも熱いマハティールの眼差しが、シーツの海で乱れまくった智也の桜色に上気した肌を追いつめながら、優しく微笑んだ。

「無理？　なにが無理なんだい、トモヤ？」

触れれば、即、ヤケドするほど危険な青い双眸《そうぼう》に、極上の笑みを浮かべながら、しなやかなキャメル・ブラウンの指が、息も絶《た》え絶《だ》えに柱にしがみつく智也の腕を掴《つか》む。

わかっているくせに、しらじらしく知らんぷりを決めこむなんて、やっぱり悪魔以外のなにものでもない。

「だから、これ以上ベッドの相手なんて、できないっていってるんだよ……」

智也は、ゼイゼイ…、と息も絶え絶えにいいながら、捕らえられた腕を振りほどこうともがく。

なにしろ、とびきりキレイな顔をした、精力絶倫《ぜつりん》のワガママ王子のせいで、夜といわず、昼といわず、朝といわず、性欲のおもむくまま、ベッドの相手をさせられているのだ。

おかげで、体を休める暇なんてなければ、逃げる元気もなくなっている。

まぁ、四六時中、ベッドの中で監視されていては、そんなことも無理なんだけど。

しかし、日に三回というノルマを、完っぺき無視したこの状況だけは、なんとかしないと…。でなきゃ、本当に犯《や》り殺されてしまう。

智也はテコでも動くものかと、マハティールに背中を向けながら、柱にしがみつく腕に力を込めた。

「もう？　困ったな。わたしを欲求不満にさせる気かい？」

その背に、マハティールがそっと口づける。

「…ぁ……っ」

瞬間、キスマークだらけの全身を、甘い痺《しび》れが駆け抜けた。

すでに、マハティールの愛撫《あいぶ》に翻弄《ほんろう》され、何度もイカされた体には、それがなんなのか、わかりきっている。

わかりきってはいるが、飽きもせず、再び沸《わ》き上がる甘い驚きを隠せずにいた。

なにしろ、酷使させられた体はもう十分すぎるほど疲れきって、ヘトヘトだというのに、マハティールに触れられただけで、感じてしまう自分が、あまりにも淫らで情けない。

それもこれも、マハティールが上手《うま》すぎるのが悪いのだ。

そう。断じて、自分が淫乱で、好き者なわけじゃない。

しかし、捕らえた腕を離そうとしないマハティールは、再び天蓋付きベッドの柱にしがみつく智也の欲望を目覚めさせようと、ついばむような口づけを背中に押し当ててきた。

でも……、でも……、もう、なにがなんでも、絶対に相手なんてできない。

「な、なにが欲求不満なんだよ。そんなに元気がありあまってるなら、他の相手の所に行ったらいいじゃないか」

ここはマハティールのハーレム。ご主人様が欲求不満になっているなら、すぐさま解消してくれる相手なんて、いっぱいいるはずなんだ。

なのに、この王子様は、なにをとち狂ったか、智也をこの館の虜にしてからというものの、他の相手になど目もくれず、仕事すらこの館に持ちこんで、一歩も外に出ようとしないのである。

おかげで、ご主人様の性欲処理を、一人でこなさなければならなくなった智也は、精も根も尽き果てているのだ。

「つれないな。仕事も手に付かないくらい、きみに夢中だというのに、まだわたしを拒むのかい」

「おれだって仕事があったんだ。それを、勝手にこんな所に閉じこめて、ベッドの相手ばっかりさせられたんじゃ、身が持たないんだよ」

ただでさえ、三回というベッドの相手を勝手に課せられて、無理やりノルマをこなされているのだ。なのに、それ以上を要求されては、たまらない。

「わたしに入れられたら、すぐにイッてしまう、きみが悪いんだよ。もうちょっと我慢を覚えてくれないと、わたしが楽しめないだろ。それに、ハーレムに入ったら、五回は相手をしてもらうって、いったはずだけど」

「こんなに疲れてるのに、これ以上の相手なんて、できるわけがないだろ」

ハフハフ、と息をつぎながら、智也はベッドの柱にしがみつく腕に、さらに力を込める。

実際、この館に捕らわれてから、ノルマは完全に無視されている。

今日だって、まだ日も高いというのに、ノルマの三回はすでに終わっているのだ。なのに、このエロバカ王子は、さらに体を要求してくる始末。

ここで抵抗しなきゃ、体がいくつあっても、足りるわけがない。

「だったら、もうちょっと我慢することを教えてあげるよ。そうしたら、少ない回数で満足してあげられるからね」

首筋に口づけられて、智也の体が震える。

「い…、嫌だっていってるだろ」

しかし、欲望に忠実な王子様が、諦めるはずもなく。

「強情だね」

「うわっ……」

強引に腕を引っ張られて、智也は驚いた。

ヘロヘロの体は、元気がありあまっているマハティールの力に、抵抗なんてできるわけがなく、天蓋つきベッドの柱から、無理やり引き剥《は》がされた智也は、褐色《かっしょく》の胸に背中から倒れこんだ。

「それほど疲れているなら、わが王家に伝わる媚薬《びやく》でも、持ってこさせようか」

「えっ！」

背後から抱きすくめられて、密やかに、それでいて楽しげなマハティールの声に、智也の体が固くなる。

「わたしを拒《こば》む元気はあるみたいだから、きっと媚薬を使えば、その気になると思うけど」

媚薬といえば、あの媚薬。

マハティールの兄で、アムルーンの正統な王位継承者である第一王子のジャミル殿下に使われた、あの媚薬のことである。

智也の顔から、サァッと血の気が引いていく。

媚薬の恐ろしさは、嫌というほど体に刻みつけられている。こんなにボロボロなのに、そんなもの使われたら、それこそ壊れてしまう。

顔を上げて後ろを振り仰いだ智也は、信じられない目でマハティールを見上げた。

「冗談…、だろ、マハティール？」

背後から抱きしめられたまま、恐る恐る聞いてみた。

「わたしが冗談を言ったことがあったかい、トモヤ」

反対に聞かれて、智也の額からタラリ…、と冷や汗が流れる。

確かに、冗談なんて言ったことがない。

いや……、言ったことがないわけじゃなく、目の前のワガママ王子は、冗談だと思ったことすら、ことごとくやってのけてしまうのだ。

その証拠に、智也はあれほど冗談だと思いたかったのに、ハーレムの住人にされてしまっている。

それも、しっかりベッドの相手をさせられて。

「さて、どうする？　たまには媚薬を使っても、刺激的で楽しいかもしれないな」

ぶんぶんぶん、と智也は頭を左右に振った。

それこそ、冗談ではない。ベッドの相手をしたくないから、抵抗してるのに、媚薬を使われて、ベッドの相手をさせられたんじゃ、結局一緒じゃないか。

しかし、そんなことを言っても、マハティールに通じるわけがない。

「だったら、おとなしくいうことを聞くんだね」

「ず、ずるいぞ、マハティール」

「ずるいのは、きみのほうだろ」

「…ぁ…、やめっ…」

いきなり脇腹から前に伸びてきた手に、股間を鷲掴《わしづか》みにされて、驚いた智也は慌《あわ》ててマハティールの手から逃れようとした。

しかし、その体を反対に引き寄せられ、再び背後から胸の中に抱きしめられてしまう。

「わたしを拒む元気がこんなにあるのに、相手ができないなんて、嘘ばかりつくのはよくないな」

「それは……っ、……ぁ…や…、あぁ…」

後ろから股間に絡《から》みつくキャメル・ブラウンの指を引き剥《は》がそうとするのに、ますます指が絡みついて、甘い刺激を与えてくる。

「それとも、わたしとのセックスは気に入らない？」

聞かれて、大きく頭を上下に振った。

その途端、やわやわと動いていた指が、激しく上下に動きだす。

「…ぁ…、やめ…っ」

「嘘ばかりつくのは、よくないっていっただろ。ほら、ココはこんなにわたしとのセックスが、好きみたいだ」

「ちが……、あっ…」

後ろからがっちりと抱きすくめられていては、疲れきった体でどんなに抵抗しても、絡みついたマハティールの指を押し退けることはできない。ましてや、痛いくらいに擦られては、智也の股間は徐々に頭をもたげ始めていく。

自分の意思には、おかまいなしに追い上げられているだけなのに、勝手な言いがかりをつけるプリンスが許せなくて、後ろを振り返ってキッと睨んでやった。

しかし、理不尽な仕打ちにすっかり赤く潤んだ目で睨んでも、単に逆効果になるだけで、

「好きだよ、トモヤのその目。すごく…、そそられる」

余計にマハティールの指を、煽《あお》っただけだった。

「……やっ…ぁ…」

ま、まずい。このままでは、犯られてしまう。

智也は、さらに激しくなっていく愛撫に、吐息が熱くなってきて焦った。

あぁぁぁ…、ダメだ。このままでは、なし崩しにマハティールの餌食《えじき》になることは明白。なにか、なにか違う話題を出さないと。

智也は、徐々に勃《た》ち上がりかけていく股間を気にしながら、ショート寸前の頭で必死に考える。

「だ、だって、ほら。仕事もほったらかして、こんなことばっかりしてるのは、まずいんじゃ…」

「わたしに抱かれていなかったら、きみは逃げることしか考えないだろ」

うっ！　図星を指されて、言葉に詰まってしまった。

けど、このままズルズルと言いなりになってたら、絶対に日本になんて帰れない。逃げ道なんて、どこにもないハーレムだけど、いつか、きっとチャンスは巡ってくるはずなのだ。

そのときのためにも、体力だけは、残しておかなければ。

なのに、すでにやる気マンマンのマハティールは、許してくれそうもなくて…。

「だったら、他をあたれってば…」

「無理だよ。こんなにトモヤを愛しているんだから」

マハティールは抵抗する手を物ともせず、掌《てのひら》にあるモノを愛《いと》しそうに愛撫しながら、甘えたような声を出す。

いまさら、そんな歯の浮くような言葉に、騙《だま》されるか！

と、後ろを振り返った智也だったが、ジッと見つめるアクアマリンの瞳が、この上なく優しい天使の微笑みを浮かべたのに、お馬鹿《ばか》な心臓はまたしても跳ね上がった。

が、跳ね上がったのは、心臓だけではなかった。

情けなくも、マハティールの手の中で弄《もてあそ》ばれていた智也が、ググンッ、とその大きさを増したのだ。

ばか、ばか、ばか…。

こんなことばっかりしてるから、エロバカ王子に付けこまれてしまうんじゃないか。しかも、毎度毎度この顔に騙されて、どれだけ酷《ひど》い目にあったことか。

いや、騙される智也も智也なのだが。

けど、性格が悪い分、顔だけはいいのだ。顔だけは。

だから、大好きな天使の顔でねだられると、少々のわがままも聞いたっていいかな……、なんて思ってしまう。

しかし、

「それに、これほど相性のいい体は、このハーレム中を探したっていないからね。愛さずには、いられないさ」

やっぱり悪魔な性格には、変わりなかった！

こんなことなら、もっと抵抗して逃げておけばよかった、と後悔しても遅い。

マハティールの指は、さらに智也を追い上げようと激しくなっていく。

「……ぁ…っ、いやだってば……」

「聞き分けがないね。それほど媚薬を使ってほしい？」

「そ、それは………、んんっ！」

ここで負けてはダメだと言いかけた言葉は、顎を持って強引に後ろに上向かされたせいで、マハティールの唇に吸い取られていた。

「…ん……ん……っ」

背中から抱きすくめる褐色《かっしょく》の腕に力が入り、逃げまどう舌を追いかけられる。

甘く、それでいて、激しい口づけ。いつものように、ゆっくりと貪《むさぼ》られて、体が熱くなる。途端に握られていた股間が、さらに勢いをまし、マハティールの指の中で脈打ちだした。

しまった！　これで、続投決定だ…。どんなに言い訳しても、これだけ派手に反応してたら、許してもらえるはずがない。

口づけから解放されたときには、次になにをされるのか心配で、心臓はバクバクである。

「疲れていても、ちゃんと感じるところは感じているようだね、トモヤ」

案の定、痛いところをつかれてしまった。なにしろ、絶対に無理だと思った体は、ほんの少しの愛撫で、見事に再起してしまったのだ。

「なら、今度は、足腰が立たないくらい、もっと愛してあげるよ」

後ろから抱きしめられたまま、袋ごと揉《も》みしだかれて、ヒクリ…、と喉《のど》がなる。

金の髪が頬に零《こぼ》れて、ゾクリとするほど魅力的な悪魔の囁《ささや》きが、智也の体を恐怖にわななかせた。

「そ、そこまでしなくても…」

「わたしの相手ができないくらい、してほしいんだろ」

誰も、そんなことは言っていない。

どうして、こう、いつも自分のいいように解釈してしまうんだ。おかげで、どれだけ迷惑をこうむっていることか。

しかし、人の迷惑なんて、考えたこともない王子様は、握っていた股間から手を離すと、智也の体をベッドの上に仰向けに押し倒して、再び愛撫の手を伸ばしてくる。

「…や、やめ……ぁっ…」

動けないように伸《の》しかかられて、すっかり勃ち上がった股間に指が絡められた。

「……ぁ…やっ、あぁ……」

袋ごと、やんわりと握りしめられ、智也の声が震える。

有無をいわせぬ熱い抱擁《ほうよう》に、疲れ果ててボロボロの体が、性懲《しょうこ》りもなく、またもや甘い疼《うず》きに包まれていく。

嫌なのに…。マハティールに求められると、どうしても体が熱くなっていくのだ。

「…ぁ、やっ……ぁ…っ…ぁ」

正面から伸しかかるマハティールに押さえこまれた体は、股間を握る手に、抗《あらが》うこともできない。

袋ごと下から持ち上げるように撫《な》でられると、早くもそこは蜜を滴《したた》らせる。それを、掌に優しく包まれて扱《しご》かれた。

「……ぁ…、もう…無理だってば……っ…」

「無理かどうか、試してみないとわからないだろ、トモヤ」

「た、試さなくても、それくらいわかっ……ぁ…っ」

首筋を吸い上げられて、甘い吐息が漏《も》れる。徐々に速くなる手の動きに、智也の股間からは、止めどなく蜜が零れ落ちていく。

伸しかかられたまま、体がのけ反《ぞ》って、シーツに思いっきり背中を押しつけた。

「…ぁ…やだ……、ぁっ…ぁ…っ」

「確かに、試さなくてもわかったよ。これなら、まだまだ、わたしの相手ができそうだ」

からかうような、楽しげな声とともに、指の動きはエスカレートしていくばかり。

「どうせなら、どれだけできるか、試してみるのもいいかもしれないな」

冗談だ。冗談に決まってる。

そう思いたいのに、マハティールがいうと、やっぱり冗談には聞こえない。

「そんな…、の…無理、ん…ぁ…あぁっ…」

智也は、シーツをギュッと握りしめながら、容赦《ようしゃ》なく襲いかかる快感の波に、たまらず声をあげた。

けど、ここでイッてしまっては、マハティールの思うつぼ。必死で呼吸を整えながら、我慢しようとする。

なのに、相変わらずポイントをきっちり押さえるマハティールの指に、我慢しようにも、どうにもならないところまできていた。

ここまでくれば、最後までいかないと、収まりがつかなくなっている。

「心配しなくても、わたしを満足させてくれたら、終わらせてあげるよ」

「…ぁ…やだ……、あっ…ぁ…っ」

再び激しく責めたてられて、もう…、イキそうだ。

すでに、男の生理現象で濡《ぬ》れそぼったシーツの上で、太股《ふともも》の内側の筋肉が、小刻《こきざ》みに震え出して、爪先《つまさき》がつっぱっていく。

体の神経という神経が、一ヵ所に集まったような感覚は、まるで、五感すべてを犯《おか》されてるようだ。

「…あっ……あ、…あっ…ん…」

指の先でグリグリと、強く先端をこねまわされるだけで、息が上がる。

ベッドに仰向けで体を押さえこまれて、抵抗もできないまま思うさま嬲《なぶ》られ、もう無理だと思っていた体が感じまくってるなんて、さっきまでの自分には、信じられないことだった。

悔しくて、情けなくて、キッと睨んだけど、褐色のケダモノにいいように弄ばれて、果てそうになってては、まったく意味がない。

しかも、微妙な指の動きに、智也の我慢も限界だった。

「…ぁ、ダメだ。はな……、ぁ…っ！」

その刹那《せつな》。

無残にも智也の昂《たかぶ》りは、マハティールの手に根元を力いっぱい握られていた。

「…ひっ……ぁ…っ……、やめ…あぁ…っ」

ふいに襲った激痛に、智也は目を見開いて、喉をのけ反らす。

限界をはぐらかされた熱い昂りは、キャメル・ブラウンの指のキツイ締めつけに、行き場を失ってビクビクと跳ね回っている。

「な、なんで…マハティール……、ぁ…あぁ……っ」

イカせてもらえない欲望が、智也の股間で燻《くすぶ》っていた。

痛いほどの甘い刺激が体の中を逆流し、絶え間なく襲う甘い疼きに体が苛《さいな》まれる。

「わたしを満足させられたら、終わらせてあげるって、いっただろ。それなのに、先にイク気なのかい。大丈夫、さきほどとは比べようもないくらい、優しく入れてあげるから」

マハティールは、勝手にイケないように智也の股間をキツク締め上げると、空《あ》いている手を双丘《そうきゅう》に伸ばした。

抗う力もない智也の体は、やすやすと押さえこまれ、強引に膝を割って伸しかかる獣《けもの》に、お尻の狭間を割られそうになって、体が強張《こわば》る。

「……ぁ…、いやだ…っ…」

マハティールがなにを要求しているのか、ストレートに教えられて、ダラダラダラと冷や汗が流れだす。

さっきまで、熱い欲望を受け入れていたのだ。それを、すぐまた求められても、無理なものは絶対の絶対に、無理だ！

「やめ……っ、あぁ……っ」

なのに、いたずら好きなキャメル・ブラウンの指は、秘密の蕾《つぼみ》をこじ開けようと触れてくる。

股間を締め上げられながら、ゆっくりと、襞《ひだ》を一枚、一枚めくられて、智也はマハティールから逃れようともがく。

入れるほうは、何回犯っても平気かもしれないが、入れられるほうは、大変なのだ。

そんなこと、これっぽっちも考えていないマハティールは、強引に蕾を開いて、指をこじ入れていく。

「…ぁ…、や……あぁっ…」

そこで受け入れることを覚えこまされた蕾は、ほんの少しの愛撫でも緩んできて、すんなりと指を受け入れていた。

「ここは、無理じゃないみたいだよ、トモヤ」

「…やめ…、ぁ……ぁ…っ」

深々と入った指が挿送《ちゅうそう》をはじめて、息も止まりそうな感覚に、必死に耐える。

何度も繰り返されて、その度《たび》に沸き起こる耐えがたい疼きに、智也は頭を振って嫌がった。

「ホントは、わたしに入れてほしくて、ウズウズしてたんだね」

「ちがっ……ぁ……」

そして、なにかを探るように動いた指が、ある部分に触れたとき、全身を電流が流れたような衝《しょう》撃《げき》が襲った。

「……あっ！　や……いやだっ……、ぁっ……ぁ…」

体の中で一番弱い部分を擦るように触れられて、悪態ばかりをついてた口から熱い吐息が漏れる。

沸き上がる甘い疼きが、股間をモロに直撃した。

「…あぁ……っ」

内部で蠢《うごめ》くマハティールの巧《たく》みな指に、恥ずかしいくらいに感じて、体が震える。

嫌だって思ってたのに、気持ちよくなるわけないって思ってたのに、しっかり感じ始めている。

「…ぁ…やっ、……ん…んん…っ…」

「どうして。ここが気持ちいいんだろ。いつもここを触《さわ》られて、喜んでいるじゃないか」

ちゃんと感じているのがわかっているマハティールは、仰向けに寝ている智也の股間を、再び愛撫しはじめる。

「…ぁ……ぁっ……っ」

マハティールの長く細い指が先端に絡まって、親指と人さし指で蜜をしぼるように扱かれる。

滴り始めていた蜜が、その手の動きに、溢《あふ》れるように止めどなく流れだす。

前と後ろを一緒に責めるその手の熱さに息が弾《はず》み、情けなくも喘《あえ》ぎ声はますます激しくなっていく。

「ホントにきみは、前と後ろを一緒に触られるが好きなんだね。でも、一人で楽しんでばかりなんて、ずるいな」

そう言うなり、股間を愛撫していた指が、離れていく。それと同時に、蕾を犯していた褐色の指までもが、引き抜かれた。

「……あっ……」

ふいにすべてから解放された智也は、ホッと安堵《あんど》の息をつく。

しかし、マハティールが指のかわりに、片膝を持ち上げて、猛《たけ》った雄を蕾にあてがった瞬間。そのあまりの恐怖に、智也の顔から血の気が引いていった。

「トモヤがあんまり焦《じ》らすから、こんなになってしまったんだよ。ちゃんと責任は取ってもらうからね」

そう言いながら、マハティールが智也の肌に、わざと当たるように押しつけてくる昂りは、いつにもましてさらに熱く、大きいように感じられた。

こんなモノを、また入れられては、ますます体がボロボロになる。

仰向けで組み敷かれている智也は無駄《むだ》と知りつつも、やめてもらおうと、口を開く。

「マハティール、やめっ……」

が、慌てて叫んだときには、遅かった。

体の奥深く、褐色の獣に熱く猛った昂りを、容赦なく打ちこまれていたのである。

「……いっ……ぁ…、ぁ……っ…」

智也は、驚愕《きょうがく》と無理にこじ開けられた痛みに、声にならない悲鳴をあげ、喉をのけ反らせる。

何度も経験させられているせいで、少しは慣れたものの、それでも決して慣れない挿入の痛みを伴《ともな》って、奥へ奥へと進む熱く太い侵入者に、太股の内側が引きつるように痙攣《けいれん》している。

後ろの痛さに、射精寸前だった股間も、可哀相《かわいそう》なくらいに縮《ちぢ》み上がっていた。

それを、再びマハティールの手が、ソロリと触る。

軽く扱かれて、一度萎《な》えたソレが反応し、頭をもたげ始める。

「…ぁ…っ……ん、あぁっ……っ」

根元から先端へと手を動かされる度、喉につかえていた吐息が漏れて、強張った体から力が抜けていく。

ゆっくりと腰を動かし始めたマハティールの動きに合わせて、智也の体が翻弄される。

大きく腰を回されて、めいっぱいシーツに背中を押しつけて、智也の喉がのけ反った。

「………ぁ、あぁっ！」

指で触れられて、メチャクチャ気持ちのよかった部分を探り当てられ、上げた声の大きさに驚いた。全身の筋という筋を強張らせて、欲望を吐きだしそうになるその感覚に、必死で耐える。

「……あっ…ぁ…、ぁ……ん…っ」

弱いところを何度も突かれて、知らず腰が動きだした。

嘘だ。こんなの、絶対嘘に決まってる。あれほど、無理だと思っていた体が、マハティールに入れられて歓喜にうち震えているなんて。

そんなの、絶対に認めたくない。

認めたくないのに、どうしても、感じることはやめられない。

「嫌がってたわりには、わたしに入れられて、気持ちよさそうだね」

「……ぁ…っ、ちが……っ…ぁ…ぁ…」

けれど、仰向けで横たわる体を突き上げられる度、恥ずかしげもなく喘いでしまう自分の姿に、情けなくて涙が出そうだ。

それなのに、このエロバカ王子は、ますます智也を追い上げていく。

「わたしも、気持ちがいいよ、トモヤ」

マハティールの荒い息づかいを聞いて、腰が抜けるほどの衝撃に襲われた。

「やはり、きみをこの館に連れてきて正解だったな。なにしろ、このハーレム中を探しても、これほど相性のいい相手はいないからね。毎日が、楽しくてしかたない」

こっちは、楽しいことなんて、これっぽっちもない。まぁ、ちょっとは、気持ちのいいときもあるけど……。

でも、同じ男にくし刺しにされ続けるなんて、やっぱり我慢ができない。

今は、マハティールのいいようにされてばかりだけど、いつかは、絶対にここから逃げてやる！と、思っているのに、ノルマなんて完っぺき無視して、こんなにボロボロにされたのでは、そんなことも無理というもの。

だから、できるだけマハティールの相手なんてしたくないのに。なのに、この砂漠のエロ魔神に、いっそう激しく突かれるたび、身震いするほどの快感が智也を追い立てる。

「……ぁ…、いやっ……ぁ…あ…、んぅっ…」

嫌だと思っても、何度も突き入れられるのが気持ちよくって、キュウッ…と蕾が締まって、マハティールを締めつける。

キャメル・ブラウンの指に弄ばれている股間は、爆発寸前で、もう後戻りのできないところまできていた。

「……っ…マハティール……も、やめ……っ」

疲れきってヘトヘトだというのに、体は貪欲にもその快感を求めて、一度、はぐらかされた射精の予感に、体を震わせる。

「イキそうなの？　これで、もうちょっと我慢を覚えてくれたら、もっと楽しいのに」

だったら、もっと手加減《てかげん》してくれてもいいじゃないか。

こんなに容赦なく責め立てられて、我慢をしろってほうが無理である。

「まぁ、それは。これから、たっぷりと教えてあげるよ。なにしろ、時間は十分にあるからね」

「そ、そんなの……いらな……ぁ…、ぁ…っ」

マハティールの申し出を、丁重《ていちょう》に断ろうとした言葉は、激しく腰を突き入れられて、絶え間なく漏れる甘い吐息に、すべて飲みこまれていた。

「……あぁっ…っ…、ぁ……ぁ…」

もう、どうすることもできずに、マハティールに揺さぶられて、意識が朦朧《もうろう》としてくる。

「嫌なら、わたしを満足させられるように、頑張るんだね。そうしたら、日本にも里帰りをさせてあげるよ」

天使のようにキレイな顔で、甘い言葉を囁かれて、はからずしもときめいてしまった。

その瞬間、せき止められていた智也の欲望が、いっきに爆発した。それとほとんど同時に、マハティールもまた、熱い欲望を智也の中に吐き出した。

里帰りなんて、必要ない。

そんなことしてもらわなくても、なにがなんでも、自力で脱出してやる。

疲労度百二十パーセントの甘い余韻《よいん》の中で、智也はそう決心していた。

そのためには、まず、このハーレムからどうやって抜け出すか…、が問題なんだけど、意外にもそのチャンスは、すぐに巡ってくることになる。
これも、日頃の行いの賜物《たまもの》かもしれない。

ACT. 2

ジリジリと焦《こ》げつくような太陽が、やや陰りを見せはじめ、白亜の城が飴色《あめいろ》に染まりかけた頃。アムルーン王国の現国王、スルタン・ビン・ファハビ・アル・カシムの誕生パーティーが、盛大にとり行われていた。

金と緑に彩《いろど》られた巨大なドームと、天を突く真っ白なミナレットがいくつも並ぶ白亜の宮殿、アル・カシム・パレスには、さまざまな高級車が何百台と到着し、美しいバラの庭園に囲まれたアラベスク・スタイルの玄関前に幾重《いくえ》にも広がった噴水から噴き上がる水のイリュージョンが、次々と訪れるゲスト達の目を楽しませている。

玄関から続く長い回廊《かいろう》を抜けると、エントランスホールの天井《てんじょう》にぶら下がったシャンデリアの、眩《まぶ》しいばかりの光に出迎えられ、謁見室《えっけんしつ》へと続く控えの間の隣にある宴《うたげ》の間では、すでに宴が用意されていた。

扉をくぐると、八十本ものオニキスの円柱が立ち、見上げるほどの高いドームの天井は開閉自在で、夜になると星のシャワーがゲスト達に降り注《そそ》ぐ。放射状にあるガラス扉はすべて開け放たれ、中庭におりるテラスが続く。その先には、ランプが灯《とも》された柱廊《ちゅうろう》が、中庭にある四角いプールのような貯水池をぐるりと取り囲んでいるのが見渡せる。

立食式の豪華な料理の数々が山のように並べられたテーブルクロスの上にはバラが散らされ、国王付きの管弦楽団が奏でる優雅な調べの中、いかにも身なりの立派な紳士淑女が、さも楽しそうに歓談している。

そんな溺《おぼ》れそうなほどの人波を、金糸の刺繍《ししゅう》が施《ほどこ》された白い民族衣装に身を包んだ、とびきりゴージャスなアラビアン・ナイトの王子様が、人々の注目を集めながら、優雅な足取りで泳いでいく。

「本当に、黙って歩いてたら、カッコいいのに……」

そのあとを追いかけながら、用意してもらった民族衣装を着た智也は、ぶつくさと文句をたれる。

「なんでこいつは、あんなにエロバカ王子なんだ」

バラの館に捕らわれてから十日目。

運良く…、といおうか、不幸中の幸いといおうか。智也は、国王の誕生パーティーに出席するため、館から出ることを許された。

たまたま、マハティールが日本から智也を連れ帰ったことを知っていた国王が、倉橋エレクトロンの社長代理としてぜひに、と招待されたのである。当然、マハティールは断ったが、やはり、一族の長である父王の再三に及ぶ正式な申し出を、無下にはできなかったようだ。

きっと国王は、いつものごとく、智也が遊びにきているとしか思っていないんだろう。

まぁ、遊び相手というのは、遠からず当たっているけど。ただし、こっちの遊びは、子供の頃の拷問《ごうもん》遊びよりキツイ。違う意味でさらにハードだ。まさか、子供の頃の遊び相手の延長が、こんなとんでもないことになるなんて、智也ですら想像できなかった。

このパーティーが終われば、また、その遊び相手の役目が待っていると考えただけで、気が重くなる。それも、あの…、淫靡で淫《みだ》らなバラの館で、日毎《ひごと》、屈辱的な行為が繰り広げられるのだ。

だから、逃げるなら今しかないのだが、智也を館から出すさい、マハティールは逃げないようにと、しっかり体にとんでもない仕掛けをしてくれた。

それも、語るも涙、聞くも涙…、の恥ずかしいことを。

「なにも…、あ、あんなことしなくても…」

マハティールのあとを追いかけていた智也は、思わず下を向いて立ち止まってしまった。

思い出しただけでも、顔が熱くなる。いや、怒りがこみ上げてくる。

その仕掛けとは…。なんと智也は、マハティールに、アムルーン原産のバラのエッセンスを使ったカプセルに、王家秘伝の媚薬《びやく》を閉じこめた『バラの香玉《こうぎょく》』なる怪しげな物を、体の大事な所に、入れられてしまったのだ。

しかも、体内の温度で溶けだす媚薬は、精液でしか洗い流せないという、恐ろしい物。

まるで爆弾を抱えこんだようなこの状況では、逃げたくても、逃げられないのである。

「まったく。なんでおれが、こんな目にあわなきゃなんないんだよ」

その忠告さえなければ、逃げることだって、可能かもしれないのに。

顔を上げた智也は、キョロキョロと辺りを見渡した。そこには、大勢の人、人、人。これなら智也が紛《まぎ》れることなんて、簡単なのだ。

出入り口だって、後ろにはエントランスへと続く扉があるし、右手には控えの間、左手にはプールのある中庭に続くテラス。

そして正面には……、

「うっ！」

艶然《えんぜん》とロイヤル・スマイルを浮かべた、マハティールの顔。

げげっ！　てっきり前を歩いていると思っていたのに、いつの間にか立ち止まって、すぐ手の届く位置で、こっちを振り返っている。

「ずいぶん熱心だね、トモヤ。そんなにキョロキョロして、なにか面白いものでもあったかな？」

皮肉たっぷりなその言い方に、思わず引きつった笑顔を返した。

「べ、別に…。ただ、すごい人だなって思って」

国王からの正式な招待とはいえ、智也を館から出したくなかったマハティールは、少々、ご機嫌ななめだ。

だけど、そんなことで、こっちに火の粉をまき散らされてはたまらない。ただでさえ、恐ろしい爆弾を抱えて、いつ媚薬が溶けだして人前で痴態《ちたい》を晒《さら》すかハラハラしているのに、時間をくっている暇なんてない。

ここはおとなしく、波風立てないほうが得策というもの。

しかし、

「パーティーなんだ、人が多いのは当たり前だよ。いまさら、珍しいものでもない」

マハティールの小馬鹿にしたような言い方に、つい言い返してしまった。

「しかたないだろ。誰かさんのおかげで、人と会うのは久しぶりなんだから」

ここ何日か、マハティールの顔しかまともに見ていないのだ。それも、ベッドの上で。

一応、世話係もいるにはいるが、それも二、三人しか顔を見たことがない。あまり人に見られたくはない姿だから、かえってありがたいくらいだけど。

だから、嘘は言ってないのだ。言ってないけど、この天才的な揚げ足取りのマハティールは、痛いところをついてくる。

「なるほど。他人を恋しがるほど、わたしの愛は足らないようだ」

「え…」

「それとも、他に目を引かれたふりをして、わたしの気を引きたいのかな」

ふいに顔が近づいたと思ったら、頬に息がかかるくらいの距離でそっと囁《ささや》かれて、一気に体温が上昇した。

華やかな喧騒《けんそう》が、そこだけ一瞬止まったように、智也の動きも止まってしまう。

なまじキレイな顔をしているだけに、こんな言い方は反則だ。顔だけだったら、ほんのちょっと…、いや、かなり好きなんだから。だけど、性格が…。

「欲張りだね、きみは。わたしを独《ひと》り占《じ》めしたいなら、素直にそう言えばいいのに」

「だ、誰がっ！」

相変わらずの自分勝手な言い分に、智也もほとほと呆《あき》れてしまう。

勝手に言ってろ…、と思った瞬間。ふいに細く長いキャメル・ブラウンの指に体を引き寄せられて、智也は目を見開いた。

まさか、こんな公衆の面前で、抱き寄せられてしまうなんて。

ドギマギしていると、マハティールが耳元に口を寄せてきた。

「どうやら、わたしの忠告は無駄だったようだ。だったら、こうやってずっとこの腕に抱きしめていてあげるよ。媚薬で、体が甘く蕩《とろ》けるまでね」

あ……はは、は…は…。や、やっぱり、逃げるなんて、無理かも。

しっかり図星を指されて、笑いが凍りつく。時間がかかればかかるほど、自分の身が危なくなる、と再度確認させられてしまった。

そこに侍従長であるシェリクがやってきて、マハティールを促《うなが》した。

『殿下。マハティール殿下。そのようにふざけられていては、皆様が驚かれてしまいます。お父上様もお待ちですから、どうぞお早く』

『あぁ、わかってる』

マハティールが視線を戻したその先には、無数の人山。

「待っておいで、トモヤ。甘い疼《うず》きに襲われて、我慢《がまん》できなくなったら、すぐに館に戻って続きをしてあげるから」

そんなもん、しなくていいって。

身を翻《ひるがえ》して歩きだしたマハティールの背中に、智也は思いっきりの罵声《ばせい》を投げつけてやりたかったのに、なにぶん、今の光景に思いっきり注目を浴びていては、それもかなわない。

当然、逃げることも無理。逃げたって、媚薬のせいで疼くことになる体は、誰かの精液で洗い流してもらわなければ、ダメなんだから。

そんなこと、恥ずかしくって人に頼めるわけがない。かといって、甘い疼きを我慢する自信もない。

なにしろ、カシム家秘伝の媚薬の恐ろしさは、智也が一番よく知っているのだから。おかげでマハティールに、さんざん恥ずかしいこともさせられてしまった。

だから無理に逃げることは、今の自分にとっては、無謀としかいいようがない。

智也は、しぶしぶマハティールのあとを追って、人山の中へと身を投じた。

その一番奥、人の輪が何重にも重なった中心に、浅黒い肌を白い民族衣装で包みこんで、立派な口髭《くちひげ》をたくわえたじつに精力的な顔だちをしたパーティーの主役である国王が、威風堂々と玉座《ぎょくざ》に座り、各国大使や要人、企業トップからのお祝いの言葉を、にこやかに聞いていた。

そこに、マハティールが誰はばかるともなく、前に割って入っていく。

嫌でも人目を引く、白い頭布《ずきん》から覗《のぞ》く金の髪。それが、漆黒《しっこく》の髪を持つこの国では、異国の血を引いていることを物語っており、その場にいた血筋を重んじる古い頭の王族達は、一様に侮蔑《ぶべつ》を含んだ視線を投げる。

いまさら始まったわけではない、マハティールに対するよそ者的扱いだが、当の本人はまったく動じる気配もなく、反対に威圧感すら与えながら、堂々と父である国王の前に立った。

『この度は、五十回目のお誕生日、誠におめでとうございます、父上』

いつもは傲慢《ごうまん》で、高慢ちきちきなマハティールだが、さすがに一族の長である父には、仰々《ぎょうぎょう》しく頭を下げる。

その姿を見た国王は、なんとも嬉しそうに破顔《はがん》した。

『待ちかねたぞ、マハティール。もっとそばにきて、その美しい顔を見せてはくれないか』

国王が最も寵愛《ちょうあい》した妃《きさき》の子であるマハティールは、国王のお気に入りの息子である。ゆえに、マハティールをよく思っていない他の王族達は、あからさまに態度に出せず、苦々しい顔をするばかりなのだ。

そんなこと、百も承知のマハティールは、この場から早く下がろうと、国王の申し出をやんわりと断った。

『いえ。トモヤが一緒ですので、挨拶だけで失礼させていただきます』

金の髪を端正な横顔にわずかに零《こぼ》れさせながら、優雅な物腰で頭を下げたマハティールは、智也に視線を向けた。

えっ？　マハティールのお祝いの言葉って、それだけ？

もうちょっと、親子の対話があると思っていたのに、いきなり矛先《ほこさき》を向けられて、智也は焦る。

「お、おめでとうございます、ファハビ国王」

慣れない民族衣装を着て、精一杯の礼を尽くし頭を下げたが、英語でお祝いの言葉をいうつもりが、日本語でいってしまった。

しかし、さすがは一国の主。機嫌を損《そこ》ねるでもなく、にっこり微笑むと、懐《なつ》かしそうに話しかけてくる。

「おぉ、トモヤ。今回は父君の代理を務めて、大変だったようだな」

そりゃあ…もう、大変も大変！

マハティールに負けず劣らずの流暢《りゅうちょう》な日本語に、思わずグチを言いそうになって、智也は苦笑いを浮かべる。

こんな公衆の面前で、まさか、あなたの息子のベッドの相手をさせられています、なんて言えるわけがない。

それも、人の体に『バラの香玉』などという、いかがわしい物を入れるエロバカ王子なんだ、とはこんな大勢の前で口が裂けてもいえない。

その顔を見て、国王が怪訝《けげん》な顔をした。

「ん？　顔色が悪いようだな。マハティールのワガママに付き合わせて、帰国までの長旅を共してもらったせいで、疲れが出たか？」

ただの長旅だったら、観光気分満喫で、リフレッシュもできたんだけどね。

「ち、父の代理も務めておりましたので、きっとそのせいですよ」

そこまで出かかっている言葉を、必死で飲みこみながら、智也は言葉を濁《にご》した。

「そうか。まぁ、父君の病気も完治したそうで、なによりだ。大役を果たした褒美《ほうび》に、長期の休暇をもらったそうだな。しばらくは、マハティールの城でゆっくり休養を取るがいい」

「えっ！」

マハティールの奴。言うにことかいて、そんな大嘘を並べ立ててたのか。

どこが休養なんだ。休養どころか、ますます体が消耗することばかりしてくるくせに……。

「なにか困ったことがあったら、いつでも言いなさい。マハティールの大事な友だ、すぐにわたしが助けてあげよう」

「だ……」

だったら、今すぐ助けてください。そう…、喉まで出かかった言葉は、マハティールに遮《さえぎ》られた。

「心配無用です、父上。トモヤには、これ以上はないという、手厚いもてなしで歓迎しておりますゆえ」

手厚すぎて、もう体がもたないんだよ。

しかし、本当のことなど、言えるわけがない。

しなやかな褐色《かっしょく》の獣《けもの》が、獲物を逃がさないように、ギラギラと目を光らせているのだ。助けてくださいと言った途端《とたん》、食われるのがオチ。

いや、ベッドの上で、これでもかと獣の雄を、お腹一杯食らわされるのは、自分の方か。

なんにしても、無意味な刺激は、目の前の褐色の獣を思い上がらせるだけである。

そんな智也の葛藤《かっとう》もよそに、マハティールはパーティー会場からさっさと引き上げようとしていた。

『では、父上。わたしはこれで…』

そう言って、その場から立ち去ろうとしたマハティールに、ファハビ国王が待ったをかける。

『マハティール。仕事のことで、話がある。わたしと一緒に、鏡の間にくるように』

国王の言葉に、一瞬、ためらったマハティールだが、すぐさま頭を下げる。

『わかりました。シェリク、トモヤを頼む』

マハティールはそばに控えていた侍従長のシェリクに命令すると、民族衣装を着た智也の方へと近づいた。

「トモヤ。もう少し父と話があるから、おとなしく待っておいで。ただし、このパーティー会場からは、一歩も出たらダメだよ。もし、そんなことをしたら、ベッドの上で覚悟しておくんだね」

きっちり、脅し文句を残して、マハティールはファハビ国王と共に、鏡の間へと姿を消した。

その背に向かって、智也はイーッ！　と舌を出した。そんな脅し文句なんかに、恐れをなす智也ではないが、逃げるに逃げられない事情では、こんな腹いせしかできないのが悲しい。

本当にこんな美味《おい》しいチャンスなんて、めったにないのに。

民族衣装の裾《すそ》を握った智也は、お目付役に残ったシェリクを見て、大きくなため息をついた。

と、いきなり右腕を掴《つか》まれて、体ごと人波の中に引きこまれていく。

「うわっ！」

何が起きたのか訳もわからないまま、智也の視界からシェリクの姿が消えた。

「トモヤ様っ…」

さんざめく人々の笑い声の向こうで、シェリクの呼ぶ声がだんだん遠くなっていくのが聞こえる。

＊

「ちょ、ちょっと。誰だよ、いきなり…」

秘書の高田かも？　とも思ったが、腕を掴む手の力強さ、節のゴツゴツした感触はどうやら違う。

そうなると、いったい誰が自分を連れだしたのか？　急に不安に襲われて、智也の顔が青くなる。

まさか、また、ジャミル殿下が？　タラリ…、と額から汗が流れ落ちる。こんなとこ、マハティールに見られたら、またあらぬ誤解をされて、とんでもない目にあう。

いや、今ここで媚薬が溶けだしてしまったら…、またもやジャミル殿下の毒牙《どくが》にかかってしまう。

でも、ジャミル殿下の精液で洗い流してもらったら、媚薬なんて気にせず、逃げることもできるか……。


ハッ！　ばか、ばか、ばか。そんなこと、余計嫌に決まってるじゃないか。

一瞬、ワラにもすがりたい思いが、とんでもないことを考えさせたことに、智也は気がついた。

逃げるためなら、手段を選ばなくなってきているなんて、これはちょっとまずいかも。

しかし、この状況は、もっとまずい。もし、ここで、本当に媚薬が溶けだしたら…。智也は、慌《あわ》てて掴まれた腕を離そうともがく。

「離せってば……っ！」

強引に引きずられて、ふいに民族衣装の長い裾がひるがえる。涼やかな砂漠の風が体を包みこみ、智也はマハティールの忠告を無視して、外へ出たことを悟った。

目の前に、夕暮れを迎え、ランプの明かりが灯された中庭のプール・テラスが、幻想的な装いを見せている。

その風景の中に、長身の男の姿が浮かび上がった。

まるでモデルのような立ち居振る舞《いふま》いで、優雅に振り返るその男に、智也の目が大きく見開かれる。

「やぁ、久しぶり。まさか、こんな所で会うとは奇遇《きぐう》だな、倉橋智也くん」

親しげに声をかけられて、息を呑《の》んだ。

人当たりが良さそうで、それでいて、どこか押しの強い語尾。

綺麗《きれい》に形を整えたキリッとした眉に、流し目を得意とする切れ長の双眸《そうぼう》。すっと通った鼻筋に、ちょっとHな上がり気味の口元と、サラリと後ろに流した手入れの行き届いた長めの髪。

パリッとしたオートクチュールのスーツにいかにもお似合いな、キザったらしい笑顔には、確かに見覚えがある。

「お…、お前は、吾郷遙《ごごうはるか》っ！」

な、なんでコイツがここに……。

吾郷遥、二十五才。

倉橋エレクトロンのライバル社である、外資系のトゥルーライズ社の日本支社に勤める営業マンで、いつも担当が同じになっては、熾烈《しれつ》な得意先の奪い合いを繰り返している相手である。しかも、悔しいことに、吾郷の押しの強さはピカ一で、たいていは得意先を奪われてしまう、にっくきライバル。

しかし、日本の国内担当だった智也と同じく、吾郷も国内の企業ばかりが担当だったはず。なのに、なぜここにいるのだろう。

「なんでお前がここにいるんだよ？　国内企業が担当だっただろ」

「それは、こっちのセリフだよ。きみだって、国内企業が担当だったんじゃないのか？　ちょっと見ないと思ったら、アムルーンに優雅に旅行とはね。なかなか似合ってるよ、この国の衣装が」

「誰が旅行なんだよ。これは…」

言いかけて、グッと言葉を飲みこんだ。

こんなことバラしても、なんの得にもならない。反対に、いいネタにされて、ますます得意先を奪われてしまうのがオチだ。

突然、だんまりを決めこんだ智也に、吾郷の追及の手が伸びる。

「旅行じゃないのか？　さっき、ファハビ国王が、長期の休暇でここにいるって言うのを聞いたばっかりだけど？」

うっ！　聞いていたのか。

智也は、知られたくないことを聞かれて、言葉に詰まる。

「あぁ、そうか。国内では、俺に得意先を取られてばっかりだったから、海外に飛ばされたのか」

「なっ…！　取られてばっかりって、おれだってちゃんと得意先は持ってるよ。それに、今度大きなプロジェクトだって、まとまりそうなんだから、飛ばされるわけがないだろ」

「光ファイバーの企業間接続って、やつだったかな」

吾郷の言葉に、大きく頷く智也。

「そうそう、その光……、て、あれ…？」

しかし、すぐにそれが変だということに、気がついた。

なにしろこの計画は、他社には内緒の社内トップシークレットだったはず。なのに、なんでこの男が知っているんだ。

智也の頭を、嫌～な予感がよぎる。

「まさか…。吾郷、お前…？」

考えたくはないが、答えは一つしかない。

智也は縋《すが》るような思いで、吾郷を見る。

そして、その予感はズバリ的中していて……。

「ミサキ電工は、ありがたく頂《いただ》いたよ」

フフン、とこれみよがしに、吾郷がふんぞりかえる。

「な、なんだってぇっ！」

思ったとおりの答えに、智也は辺りもはばからず、大きな声をあげた。

テラスのそばにいたＶＩＰクラスの来賓たちが、何事かとこちらを見ているが、そんなこと気にしてられない。

せっかく大きなプロジェクトを手掛けられると思っていたのに、こんなに簡単に取られてしまうなんて……。

「ちくしょう。また、卑怯な手を使ったんだろ」

お上品な紳士淑女の注目を集めながらも、智也はプルプルと拳《こぶし》を握りしめ、吾郷を睨《にら》み据《す》える。

しかし、厚顔無恥《こうがんむち》なこの男が、そんなことで臆《おく》するわけがない。

「まさか。長い間、ほったらかしにしていたきみが、悪いんだろ」

確かに、マハティールに連れ回されていたせいで、仕事をほったらかしにしていたのは事実だ。

でも、ちゃんと会社がフォローしてくれていたと思っていたのに…。

「嘘だろう…」

「嘘じゃないさ。おかげで、今回の功績を認められて、俺は海外事業部に栄転になったんだからな。

そして、今度の担当は、このカシム家の関連企業ってわけ」

「えぇっ！」

「そういえば、倉橋エレクトロンはこの国のカシム家とは、懇意《こんい》にしているんだっけ。特にきみは、第二王子のマハティール殿下とは、ずいぶん仲がよさそうだ」

吾郷の言葉に、智也は息を呑む。

ま、まさか、二人の関係を知ってるんじゃ……。

「だ、だったら、どうなんだよ」

「別に。ただ、せいぜい殿下に愛想《あいそ》を振って、仕事を切られないように、頑張るんだな」

「吾郷、お前っ！」

知ってるような口ぶりに、智也は真っ赤になって叫んだ。

いまにも、食ってかかろうとする智也に、吾郷が不敵な笑みを漏《も》らす。

「俺はたんに、忠告してやってるだけだよ。まぁ、愛想を尽かされて、仕事がなくなったら、お前の面倒くらい俺がみてやるさ」

「大きなお世話だ！」

智也は、テラスを下りて中庭に消えていく吾郷の背中に、思いっきり中指を立てる。

あ、あいつ〜っ！　人のモンを取っておきながら、栄転になった自慢話がしたくて、こんな所まで引きずり出したのか。

ちくしょうっ！　あのキザッたらしい男のことだ。きっとそうに決まってる。

智也は、怒りにフルフル震える拳を、握りしめる。その背に、忘れたくても忘れられない、奴隷《どれい》商人の声が聞こえてきた。

「いつから、そんな下品なことをするようになったんですか、智也さん」

あのにっくき吾郷と会ったあとに、得意先を奪われるような原因を作った相手に会うなんて。

智也は、キッと後ろを振り返り、開け放たれたパーティー会場のガラス扉を背にして立つ男の胸ぐらを、怒りにまかせて掴んだ。

「高田っ！　このスットコドッコイッ！」

これでもか、と大きな声で叫ぶ。

が、高田は相も変わらず、冷静沈着に対処するばかり。

「久しぶりに会った挨拶がこれとは、また、ずいぶんですね」

涼しい顔で言われて、余計《よけい》に頭にきた。

「なにが、ずいぶんなんだよ。会社に莫大《ばくだい》な損害を与えるようなヤツには、これで十分だ」

「殿下の目を盗んで、ライバル社の男と密会している智也さんには、言われたくないですよ」

「誰が密会だっ！　…て、いつからここにいたんだよ？」

てっきり、今、やってきたばかりだと思っていた智也は、目を丸くした。

「広間で、侍従長であるシェリクのそばにいた智也さんに声をかけようとしたら、誰かに横取りされてしまったんですよ」

それって、最初から見てたんじゃ……。

「まったく。わたしがせっかくファハビ国王に頼んで、パーティーに出席させてもらえるように手を回したっていうのに、なにをしてるんですかあなたは」

「えっ…？」

高田が、パーティーに出席できるように、ファハビ国王に頼んでくれたって？　まさか…。この男に限って、マハティールの嫌がることをするわけなんて、ないはずだ。

「わかってたんなら、止めにきてくれても、いいじゃないか？」

そうすれば、吾郷の自慢話なんて、胸クソ悪いものを聞かずにすんだのに。

しかし、高田はさも当然のように言いきった。

「別に、襲われそうになってたわけでもあるまいし」

「そんな目にあってたまるか」

「ま、二人で逃げる算段でもつけていたのなら、邪魔《じゃま》しましたけど…」
コ、コイツ…。やっぱり、自分の得になることだけにしか、手を貸さないんだから。
今に始まったわけじゃないが、高田のたくましい損得勘定には、頭が下がる。

けど、今回のことは、絶対、高田が悪い。

「なんにしても、お前のせいでミサキ電工を吾郷に取られたことに、変わりないんだからな！」

智也は、社内の大事な話だから大きな声ではいえないが、高田の落ち度を強調するように、ゆっくりと言った。

しかし、

「誰のせいで、ミサキ電工を取られたって……？」

間近から聞こえた声にビックリして、高田の背後へと視線を走らせた。

「どういうことなんだい、智也。僕に詳しく聞かせてくれないか？」

そこには、ダブルのスーツを着て、穏やかな笑顔を浮かべる懐かしい顔があった。

広間に用意された料理を取っていたせいで、高田に遅れること数分。ちょうど開け放たれたガラス扉から、中庭に続くテラスへと出てきたところのようだ。

右手にはフォークを。左手には、何種類ものケーキをのせた皿を、大事そうに抱えている。

「奏人《かなと》叔父《おじ》さんっ！」

パァッと智也の顔が、明るい笑顔になり、目の前の男の首に抱きついた。

倉橋エレクトロン営業部課長、倉橋奏人。二十八才にして、叔父さんと呼ばれる彼は、智也の直属の上司であり、かつ父である倉橋智明《ともあき》の一番末の弟である。

智也とは違い、均整のとれた男らしい美貌の持ち主で、非常に女の子にモテる。短く切りそろえられた髪に、優しい双眸。人懐っこい笑顔に、温かみのある言葉使い。甘い物には目がない、超甘党。

歳《とし》が近いせいもあって、智也のことをやたらと可愛がってくれる、頼れるお兄さんである。

そして、高田とは、高校のクラスメートという経歴の持ち主。

「叔父さんじゃないだろ、智也」

首にしがみつく甥《おい》っこを、奏人がたしなめる。

「あ…、ごめん。でも、どうして奏人がここに？」

「智也を迎えにきたんだよ」

「えっ！」

嬉しい一言に、智也の目がキラキラと輝いた。日本に帰れる、って甘い期待に、胸が躍《おど》る。

あ…、でも。この状態じゃ無理か。なにしろ、マハティールのせいで、パーティー会場からは簡単に出られないことになっている。

せっかく堂々と日本に帰れるチャンスだっていうのに、ちくしょう。

でも…ま、いっか！　とりあえず、ここから逃げだせれば、あとはなんとかなるよな。

目先の欲に目がくらんだ智也は、とんでもない爆弾を抱えているにもかかわらず、日本に帰れるという期待に胸を膨《ふく》らませた。媚薬なんてものを入れられているというのに、喉元《のどもと》過ぎればなんとやら…、である。

しかし媚薬もさることながら、智也が日本に帰るには、まだまだ難しい問題も残っていて…。

そんなことはすっかり忘れてしまっている智也の期待は、どんどん大きく膨らんでいくばかり。

が、

「倉橋課長。そんな嘘をついて、どうするんです」

迎えにきたという言葉が、智也を喜ばせるだけだと百も承知の高田が、あっさりと奏人の言葉を否定する。

「へ……、嘘って？」

そ、そんな……。せっかく日本に帰れるって思ったのに。

智也は慌てて首から手を離すと、奏人の顔を見た。

「ごめん、ごめん。からかったときの智也が、あんまり可愛いから、つい…」

事情を知らない奏人は、まるで子犬を可愛がるように、智也の頭をフォークを持った手で、クシャクシャと撫《な》でる。

「マハティール殿下の好意で、せっかく休暇を楽しんでいるのに、そんな野暮《やぼ》はいわないよ。カシム家に急ぎの用があって、病《や》み上がりの社長の代理でファハビ国王に謁見に来たんだ」

優しい笑顔でそういわれて、智也の期待が一気にしぼんでいく。

そーいえば、子供のときからマハティールに負けず劣らず、この叔父さんにはオモチャにされていたのを忘れてた。

思わず、二、三歩下がった智也は、ガックリと肩を落とす。

このまま奏人とともに日本に帰っても、媚薬の責め苦に耐えられるはずがないのに、それでも、迎えにきたわけじゃないと知って、ショックが隠しきれない。

実際、パーティー会場に来てから、かなりの時間が経《た》っている。だから、いつ爆弾が作動してもおかしくないのだ。

けど…、いったいいつになったら、この爆弾は作動するのか。言い知れぬ恐怖に、夜風に晒《さら》された体が、ブルリと震えた。

その背後に高田が近づいて、小声でそっと耳打ちする。

「パスポートもないのに、簡単に日本に帰れるわけがないでしょ、智也さん」

忘れてた！　マハティールに強引に連れてこられたせいで、パスポートもなにも持っていなかったのだ。

だから、この宮殿から逃げだすことはできても、帰国できるとは限らないのである。

媚薬ばかりか、こんな難問までもが残っていたなんて。

しかし、そんなことすら忘れてしまうようなことを、高田が言いだした。

「困った人ですね、倉橋課長。智也さんがこの国から戻っても、今の状況はまずくなるだけなんですから、むやみなことはいわないでください」

状況がまずくなる？　いったい、なんのことだろう？

会話の意図が読めず、高田のほうへと視線を戻した智也は目を丸くする。

しかし、奏人はまったく悪びれた様子もなく、智也の横に来ると、のんびりとケーキにフォークを突き刺しながら、幻想的に浮かび上がる中庭のプール・テラスを背に立つ高田を見る。

「悪いな、冴樹《さえき》」

奏人に呼び捨てにされ、あからさまに高田は嫌な顔をした。

「倉橋課長。呼び捨ては遠慮してもらいたいと、何度もいってるはずですが。それと、この非常時に、ケーキなんて食べないでください」

高田は皮肉っぽくメガネの縁《ふち》を指で押し上げると、冷たい視線にさらに磨《みが》きをかけて睨む。

が、奏人はまったく動じる気配もなく、優しく微笑んだ。

「あぁ、悪い、悪い。昔のクセで、つい…。それに、せっかく用意してある物を食べないなんて、もったいないだろ。冴樹も一口食べてみないか？」

「結構です」

甘い物が大ッキライな高田は、即答していた。

「まったく、昔のクセといいながら、ぜんぜん、呼び捨ては直らないようですね。さすがに、血は争えないようだ。学習能力のなさは、智也さんと同じです。本当に、素晴らしい経営能力を持っている社長とは、大違いですよ」

悪かったな！

いきなり、引き合いに出された智也は、大きなため息をつく高田に、ムッとした。

けれど、奏人のほうは呑気《のんき》なもので……、

「しかたないだろ。学生時代と代わらず今も綺麗な冴樹を見てたら、つい昔を思い出して、呼び捨てにしてしまうんだから」

ニコニコと笑顔を絶やさず、ケーキに口に運ぶのをやめない。

なんて、命知らずなんだ。社内でも、ちょっと高田をからかったりしたら、途端に仕返しをくらってしまうのに。今までも、高田にちょっかい出した総務部長は、遠いアラスカに追いやられたし、得意先の大企業の社長は、降って湧いた背任行為でリコールされてしまった。

智也だって、高田のせいで、マハティールに身売りされたようなものだ。

そんな、どこか得体の知れない高田を、よくもこれほど簡単にあしらえるものである。

「倉橋課長、言葉をつつしんでくださいっ！」

案の定、高田は怒りのオーラを隠すどころか、思いっきりぶつけている。

しかしそんなオーラをものともせず、奏人は飄々《ひょうひょう》として砂漠の夜風を受けながら、テラスの真ん中で、皿にのったケーキを食べている。

この二人、高校の同級生だったとはいえ、なぜか犬猿《けんえん》の仲。いや、たんに高田のほうが一方的に嫌っているようなんだけど。その証拠に、今年の春、中途入社した奏人は、社内でもいつも人懐っこい笑顔で、高田に話しかけていく。もちろん高田は、その笑顔が嘘くさいと相手にしていない。でも、結局、いつも高田が丸めこまれているように思えるのだ。それがどうしても許せない高田は、ますます奏人に対して冷たい態度を取るのである。

まったく、よくわかんない関係だよな。

けど、自分には到底真似《まね》できない頼もしい叔父を、智也は大好きだった。

その叔父が、わざわざ日本からやってきたのだ。

きっと、さっき吾郷がいっていたことが原因に違いない。

「あなたがそんなふうだから、会社も危なくなるんです」

「え？　危ないって…？」

雲行き怪しい会話に、智也はだんだん不安になってきた。

「それについて、智也さんに話があったんじゃないんですか？」

「あぁ、そうだった」

高田に促されて、ようやく奏人はフォークを皿に置いた。

「せっかくマハティール殿下の城でのんびり休養していた智也さんに、わざわざ国王の誕生パーティーに出席してもらったんですから、早くしてください」

よく言うよ！　なにが、のんびりだ。こっちは、毎日、今にも死にそうな目にあっているっていうのに。

本当なら、この場で助けを求めたいところだけど……、奏人には、絶対、バレたくない。

ここはおとなしく、高田の嘘に付き合うしかないようだ。

「じつは、智也がいない間に、ちょっとしたトラブルがあってね。そのことについて、カシム家にお願いがあってアムルーンまで足を運んだんだよ。ついでに、智也にも協力してもらいたかったんだけど、マハティール殿下の城に滞在しているからって、冴樹に断られたんだ。でも、どうしても会って話がしたかったから、このパーティーに出席できるよう無理に頼んだんだよ」

「！」

高田がファハビ国王に頼んだのって、奏人のせいだったんだ。

意外なことに、智也は目をパチクリさせた。あんなに嫌がっているのに、やっぱり、高田は奏人には勝てないらしい。それが気に入らないのか、高田はムッとしたままである。

いい気味だ、と心密かに喜んだ智也は、次の瞬間、声も出ないほど驚いた。

「会社が倒産するかもしれないのに、ちょっとどころの騒ぎじゃないですよ、倉橋課長。それもこれも、智也さんのフォローを怠《おこた》った直属の上司である、あなたの責任でなんですからね」

「と、ととと、倒産って…？」

あまりのことに、言葉がうまく出せない。

賑やかな音楽も、パーティー会場で楽しそうに歓談する人々のさざめきさえも、耳に入らず、砂漠の匂いを含んだ乾いた風が、ランプの灯されたテラスに立つ智也の裾の長い民族衣装を翻《ひるがえ》しながら、通りすぎていくのさえ気づかないほど、頭が真っ白になっている。

しかし、奏人はあくまでも冷静に、普段とかわりない呑気な口調で話しだした。

「智也が進めていたミサキ電工のプロジェクトだけど…、さっき、吾郷に取られたって、言っていたけど、どうして知ってるんだ？　これはまだ社内でも内々の話だけど？」

「それが、吾郷も国王の誕生パーティーに来てて、直接本人から」

「そうか。で、冴樹の……」

呼び捨てにするな、という人の話をまったく聞いていない奏人を、ジロリと高田が睨《ね》め付ける。

「いや、高田のせいっていうのは、どういうことなんだ？」

「そ…、それは…」

それだけは、いえない。マハティールのベッドの相手をするために、仕事をほっぽり出したなんて、こんな状況では、ますますいえるわけがない。

智也は、ギュッと唇を噛んで、下を向いてしまった。

奏人も、可愛い甥っこの困った顔に、それ以上、追求するつもりはないらしい。甘いとわかっていても、智也にはどうしても甘くなってしまう。

「いいたくないなら、無理には聞かないよ。でも、冴樹にも責任があるなら、もちろん協力してくれるよね」

高田の弱みを握った奏人は、堂々と呼び捨てにしている。

「はなはだ遺憾《いかん》ですが、しかたありません」

さすがに、今回のことには責任を感じているのか、高田もおとなしく返事をした。けど、奏人のいうことを聞くのがよっぽど苦々《にがにが》しいのか、目は完全に怒っている。

しかし、自分がいない間に、こんな大変なことになっているなんて。

「でも、奏人。ミサキ電工の件と会社が倒産するのって、どういう関係が？」

「それが、ミサキ電工のプロジェクトが自分の所に移ったことで勢いに乗ったトゥルーライズが、わが社のテリトリーを奪いにかかっているんだよ」

「えぇっ！」

自分の担当していた仕事が原因で、会社が潰《つぶ》れそうになっている。

まさか、そんなことって……。

「それも、今度の件でうちはかなり社会的信用を失ったらしくて、株価は下落。海外の取引先などには、早くも不信感が広まっていて、もし、そんなことをされれば、うちの会社なんてひとたまりもない。とくに、今のわが社の売上に貢献しているカシム家の企業を取られたら、どうなることか。それで連絡を取ったんだけど、案の定トゥルーライズはカシム家にコンタクトを取ってた」

「そんな…」

「で、次に狙っているのが、この間契約を交《か》わした、新製品の独占販売権らしいことがわかったんだ」

新製品の独占販売権って、あの…、高田に無理やり体で取らされた、マハティールとの契約。

智也は、チラリと正面に立つ高田に視線を向けた。しかし高田は、素知らぬふりを決めこんでいる。

「冴樹には、絶対に契約は反故《ほご》にならないっていわれたんだけど、やっぱり心配でね」

奏人の言葉に、ヒクリと智也の口元が引きつった。

「ん？　智也、どうかした？」

「べ、別に……」

さらりと聞き流せばいいものを、根が正直というのか、はたまた小心者のせいか、心の動揺がしっかり顔に出てしまっていた。

それにひきかえ、高田の涼しい顔といったら。

いったい、誰のせいでこんなことになったんだ！　そういいたいけど、いったが最後、奏人に全部話さなきゃならない。

それに今は、そんな問答をしている場合じゃない。

「だから、駆けつけたんだよ。ことはカシム家の企業全体に対することだから、社長と懇意にしているファハビ国王にお願いにね。ちょうど国王の誕生パーティーで謁見どころではなかったけど、冴樹のおかげで謁見もかなったし、とりあえずは安心かな」

さすがに、ことがことだけに、高田は奏人に手を貸すしかなかったようだ。会社が潰れれば、自分が困るものな。

高田らしからぬ行動の意図が読めて、それはそれで納得できた。

けど、問題はかなり深刻である。

智也は、心もとない顔で、横に立つ奏人を見た。

「大丈夫だよ、智也。カシム家の協力も得られることになったから、なんとかなるって。それに、ミサキ電工だって完全に取られたわけじゃないんだから」

智也を元気づけるように、奏人は力強く言った。

「まだトゥルーライズとは、正式な契約を交わしてないんだ。もう一度、プロジェクトを練《ね》り直していい案を出せば、うちとの取引も考えてもらえるかもしれない。そうすれば、対外の信用だって取り戻せる」

しかし、一度は白紙に戻った話が、成り立つわけがない。

「僕は、そのチャンスをもらうために、ファハビ国王にお願いにきたんだよ。なにしろミサキ電工は、このアムルーンの国家事業である砂漠開発計画に着手したところなんだ。それを利用しない手はないと思ってね」

「奏人。それって…、けっこう汚い手だよ」

「相手がそれなりの手段を講じてきたんだ。これくらい、チョロイもんさ」

軽く片目を瞑《つぶ》った叔父に、智也は頭が痛くなってきた。高田も渋い顔をしている。

けど、この策士ぶりは、高田よりも一枚上手かも…。

「なんにしても、カシム家の協力で、もう一度だけチャンスが巡ってくるかもしれないんだ。本当なら、最初からミサキ電工の件に関わっていた智也にも、ぜひ力を借りたいんだけど…」

「え、でも……」

自分のせいでこんなことになってるのに、また、仕事を任せてもらってもいいものだろうか。

しかし、智也が悩むよりも先に、高田が口を挟んだ。

「倉橋課長。智也さんは、マハティール殿下の招待でここに来ているんですよ。わが社のことを考えたら仕事を手伝ってもらうよりも、殿下の機嫌を取ってもらってたほうが、いいと思うんですがね」

「なっ!」

まるで無能者呼ばわりされて、智也のプライドはいたく傷つけられた。それも、マハティールの機嫌を取れだなんて……。

「どういう意味だよ、高田」

「意味って、智也さんが一番よく知ってるじゃありませんか」

メガネの奥で笑っている目が、すべてを物語っていた。

まずい。このままでは、ずっとマハティールの相手をさせられる。高田のことだから、きっとそう思ってるに違いないんだ。

「奏人。その仕事、おれに手伝わせてくれ」

高田の言葉に自尊心を刺激された智也は、鼻息荒く隣に立つ奏人に向かって叫んでいた。

ここで高田を見返せば、マハティールの相手からも解放されるかもしれない。そう思ったら、俄《が》然《ぜん》やる気が出てきた。

「本当か、智也？」

「まかせてよ、奏人。今度こそ、きっと成功させるから」

「嬉しいよ」

奏人の手が、民族衣装を着た智也の肩を、横から優しく抱こうとした。

と、その手を、背後から伸びたキャメル・ブラウンの指が、引き剥がす。

「ちょっと目を離すと、すぐに悪い虫がつく」

「マ、マハティールッ！」

驚いて振り返った智也は、背後に忍び寄っていた悪魔に息を呑む。

「わたしの目を盗んで、いったいなんの相談かな」

目の前に現れた金の髪に、ゴッキュン、と喉が鳴る。

掴んだ奏人の手を、乱暴に離したマハティールは、ものすっごく不機嫌そうだ。眉間《みけん》に刻まれた深い立てジワは、彼の怒りの度合いが最高潮であることを物語っている。

さわらぬ神に、祟《たた》りなし。こんな時は、できるだけ刺激せず、かつ、おとなしくいうことを聞くに限るのだ。

しかし奏人は、どんな相手も竦《すく》んでしまいそうなマハティールのキツイ眼差しにも、いっこうに怯《ひる》む様子がない。それればかりか、サラリーマンお得意の、スマイル0円まで浮かべている。

「これは、マハティール殿下。初めてお目にかかります。智也の叔父の、倉橋奏人です。今回は、ご無理をお願いして、誠に申し訳……」

が、いいかけた言葉は、マハティールの不機嫌極まりない口調に遮られた。

「挨拶は必要ない。話は父から聞いた」

やはり奏人の嘘くさい笑顔は、マハティールにはお気に召《め》さなかったようだ。

「コソコソと相談しなくても、心配無用。今も、これから先も、わたしは倉橋エレクトロンとの取引を中止する気はない。だから、安心して日本に帰ってもらって結構だ」

有無をいわさぬ語尾の強さに、テラスに緊張が走る。

しかし、緊張が走ったのは智也だけで、高田も奏人もまったく臆した様子がない。

「それは誠にありがとうございます。殿下のおかげで、わが社も安心して事業を続けていくことができますよ」

さすがは、奏人。マハティールの攻撃的な態度を真っ向から受け止めても、営業スマイルは忘れない。

けど、その態度がますますマハティールの機嫌を損ねたようだ。

「では、もう用はすんだな。下がるぞ、トモヤ」

一方的に話を打ち切って、パーティー会場へと身を翻したマハティールに強引に腕を引っ張られて、智也は焦った。

「え？　あ、ちょ…ちょっと、待って…」

会社の危機と聞いて、このまま館に戻ることなんてできない。

それに、せっかく高田を見返すことができるのだ。うまくいけば、こんな地獄のような生活ともおさらばできるかもしれないのに、ここで連れ戻されては、本当にマハティールの機嫌を取ることしかできなくなってしまう。

「まだ、会社のことで話が…」

残ってる、という言葉は、褐色の獣に抱き寄せられたせいで、喉の奥に引っ掛かってしまった。

ま、まずい。高田と奏人の目の前だというのにこんなことして、なに考えてんだ、このエロバカ王子は。高田はともかく、もし、奏人にバレたら……。

考えただけで恐ろしいことに、智也はなんとかこの場を誤魔化そうとした。

「マ、マハティール殿下。こんなに近づかなくても、話はできますよ」

しかし、そんなことよりも、もっと恐ろしいことがあったのを忘れてた。

「へぇ…。大きな声でいってもいいのかい、トモヤ。まさか、パーティー前にいったわたしの言葉を、忘れたわけじゃないだろうね」

耳元でそっと囁かれて、自分がとんでもない爆弾を抱えていることを思い出した。

サァッと智也の顔から血の気が引いていく。

「もう、時間はずいぶん経っているんだ。そろそろ館に戻らないと、まずいと思わないかい」

た、確かに…。

ここで媚薬が溶けだしたりしたら、どうしようもないのだ。

だから、早くこの場を立ち去ったほうが、いいのはいいんだけど。でも、会社のことも、このままにはしておけない。

返事に困っている智也に、マハティールがさらに詰め寄った。

「それとも、わたしの罰が受けたくて、こんな所にいるとか。なら、お望み通《どお》りにしてあげるよ」

忘れてたわけじゃない。パーティー会場から出たのだって、決して自分の意思じゃないんだ。

でも、そんなことは、このエロバカ王子には関係ないのである。

なんだかんだと理由をつけては、罰だ、お仕置きだ、と人をいたぶることしか考えていないんだから。

こんな奴に、会社の一大事を頼むだなんて、やっぱり安心できない。ここはひとつ、自分がなんとかしなきゃ。

よし！　奏人と一緒に仕事をさせてもらえるよう、いってみよう。

たとえ、罰が待っていようが、槍《やり》が降ってこようが、これでも社長の息子なんだから、このまま指をくわえて見ているだけなんてダメだ。

そう決心した智也よりも早く、奏人が話を切り出した。

「お待ちください、殿下。お願いついでに、もう一つお願いしてもよろしいでしょうか？」

智也を抱き寄せても、顔色一つ変えない奏人の笑顔に、マハティールの額がピクリと動いた。

「ほぅ…。このわたしに、まだ頼みごとがあるというのか？」

いかにも迷惑千万といった様子で、マハティールが目を細める。

「はい。倉橋エレクトロンのことを、それほど思ってくださっている殿下だからこそ、お願いしたいのです」

苦々しいほどのお世辞《せじ》に、マハティールの顔がますます不機嫌になっていく。

その顔を見ただけで、智也の決心は揺らいでしまう。

しかし、奏人にはまったく怯む様子がない。やっぱり、奏人ってすごい。

感心する智也とは反対に、マハティールの態度はなんとも冷たいものだ。

「いってみろ」

そう、ひと言いうと、智也を解放して、奏人のほうへと向き直った。

「今回、殿下のご協力で、再度、契約交渉のチャンスがいただけました。そのチャンスを最大限に利用するためにも、ぜひ、智也の力を借りたいのです」

その言葉に、智也の横に立つマハティールの顔つきが、明らかに変わった。

黙って傍観を決め込んでいた高田も、やれやれ、とお手上げの様子だ。

「智也が、マハティール殿下のご招待を受けているのは、重々承知の上です。ですが、このプロジェクトは、智也がずっと手掛けてきたもので、社内の誰よりも詳しいのです。それに、一度は失敗して自信をなくした智也も、ここで頑張れば、仕事に対する自信を取り戻すことができるかもしれない。ですから…」

奏人がそこまで考えていてくれたことに、智也はますます感動した。

しかし、マハティールの機嫌は、最大級に損ねてしまっていたようだ。

「断る」

「それでは、こちらも困ります。ミサキ電工の件は、彼が適任なんです。だから、日本に帰って仕事を…」

「今回の件は、わたしも協力を惜《お》しむつもりはない。ただし、智也がここにいる限りはだ」

そういうと、マハティールは再び智也の腕を持って、パーティー会場へと足を向けた。

「えっ…、待っ…」

無理やり連れ戻されそうになって、智也は慌ててマハティールを止めようとする。

自分のせいで、会社が倒産するかもしれないのに、なにもしないなんて嫌だ。せめて、ちょっとくらいは、手伝いたい。

だから、なんとかマハティールにお願いしようと思うのに、反対に脅されて、抵抗すらできなくなった。

「タイム・オーバーになりたければ、抵抗するんだな」

それだけで、智也の動きを封じるには十分である。

そして、テラスから、パーティー会場へと入る一歩手前で立ち止まったマハティールは、後ろを振り返ると、奏人にいった。

「ミスター・カナト。他の頼みなら、なんでも聞いてさしあげよう」

ニッコリ、と極上の笑みを浮かべて、まるで挑戦状を叩きつけたマハティールは、颯爽《さっそう》と会場の喧騒《けんそう》の中へと姿を消した。

奏人は、智也を強引に引きずっていくマハティールを見ながら、残っていたケーキを再び口に運んだ。

それを見ながら、高田が呆《あき》れたようにいう。

「だから、心配はいらないって、いったでしょう」

「あぁ」

奏人は、最後のケーキを頬張りながら、高田の言葉に頷いた。

「けど、きっとマハティール殿下は、智也に仕事をさせるよ」

妙に自信めいた奏人の態度に、高田は怪訝《けげん》な顔をする。

「まだ、そんなことをいってるんですか。いったい、なにを根拠に、そう思うんです？」

「ただ、なんとなく…、ね」

なんとなく、といわれて、高田はため息をついた。

「まったく、昔からあなたは、脈絡のない理論ばっかりですね。たまには、ちゃんとした理論立てをしてもらいたいものです」

到底無理だと思っている高田には、そんなこと信じられない。

しかし、昔から奏人のいうことは、当たることが多かった。それがまた、高田には気に入らないところなのである。

「理論立てねぇ…。昔、自信を持って理論立てたのに、間違っていたことがあって、それ以来、どうもカンに頼るようになったんだよ」

「意外ですね。あなたでも、間違いはあったんですか？」

いつも、なんにでも自信を持って行動している奏人の辞書には、間違いなどという言葉は見当たらないと思っていた。

「僕だって、人間だからね。たまには、間違いだってあるさ。特に、好きな人に関してはね」

「なるほど。恋は盲目ですか……」

思わず和《なご》やかな雰囲気になって、高田はゴホンと咳払《せきばら》いを一つした。

「では、わたしたちも、そろそろ帰りましょう。明日からは、新プロジェクトの立案で、大忙しですからね」

メガネの縁を押し上げて、テラスを渡る夜風に髪をなぶられながら、中庭のほうへと行きかけた高田を、奏人が呼び止める。

「あ…、冴樹、ちょっと待った！」

「まだ、なにか？」

呼び捨てにされ、高田の眉がピクリと上がる。

「取り損なったデザートがあるから、それを食べてからでいいかな？」

プッチン、と高田が切れた。

会社の一大事だというのに、まったく危機感のない奏人に、さすがの高田も冷静さを失ってしまう。

「勝手にしてください。わたしは、先に帰ります！」

「そんな…。せっかくだから、一緒に帰ろうよ、冴樹」

「けっこうです！」

テラスで一人寂しくフォークをかじる奏人を置いて、高田は中庭へと続く階段を下りてしまった。

本当に、学生時代から、まったく進歩のない二人である。

ACT．3

パーティー会場である大広間から、強引に連れだされた智也は、立ち止まったマハティールに、必死で抗議する。

「ちょ…、マハティール。まだ、話は終わってないってば…」

媚薬のこともあるから、おちおちゆっくりもしてはいられないけど、今はまだ、大丈夫だから、早いこと話をつけないと。

エントランスへと続く廊下は、大広間から溢れた人々の喧騒で、少々、大きな声で話しても大丈夫そうだ。

しかし、マハティールの下品な話は、ちょっとまずいかも。

「話なら、終わったよ。それともトモヤは、ここで痴態《ちたい》を晒したいのかな。わたしがせっかく、気をきかせてあげたのに、それが不満だとでもいうのかい？」

「そうじゃなくって…」

「あぁ。それとも、快楽に乱れる姿を、誰かに見てほしかったのかな。なにしろ、媚薬に身を任せた智也は、この上なく淫らで、卑猥《ひわい》だからね」

「マハティールッ！　そんなこと、こんな所でする話じゃないだろっ」

思わず大きな声になってしまって、慌てて口を閉ざした。

「きみがいったんだろ。まだ、話があるって」

だーかーらぁ！　そういう話じゃないって、いってるんだよ。

いったい、いつになったら、わかってくれるのか。いや。本人がわかろうとしない限りは、一生無理かもしれない。

いつまでも堂々巡りしそうな会話に、智也もだんだんイラ立ってくる。

早く戻らなければ、いつ、媚薬が溶けだすかわからないのだ。でも、このまま館に連れ戻されたら、きっと外には戻ってこれない。だから、今のうちに、なんとかしないと。

「だから、さっき奏人叔父さんがいったけど…」

しかし、智也の言いかけた言葉を、マハティールがピシャリと遮った。

「トモヤ。いっておくけど、わたしはきみを館から出すつもりはないからね。それに、パスポートもないのに、どうやって、日本に帰るつもりないだい？」

「うっ！」

言われて、言葉に詰まる。

確かに、問題はそれなのだ。パスポートさえあったら、日本に帰れるのに。そしたら、今度のことだって、しっかり責任を取れるのだ。

それもこれも、マハティールに拉致《らち》されたのが、原因なのである。

やっぱり、目の前のワガママ王子に、責任を取ってもらうのが筋というもの。来たときと同じように、コッソリ送り届けてもらえればいいんだけど。

でも、どう考えても、無理だよな……。

それでも智也は、あえてぶつかってみた。

「パスポートがないなら、来たときと同じように、送ってくれたらいいだろ」

「なるほど。自分から、ベッドの相手をしたいだなんて、嬉しい限りだよ」

「なんで、そうなるんだ！」

当然、ベッドの相手はなしに決まってる。だいたい、それが嫌だから、日本に帰りたいのに。

なのにマハティールは、当然といった顔をしている。

「この国に来たときと同じように、だろ？」

この…、天才的な揚げ足取りっ！

智也は、グッと拳を握った。握ったはいいが、その手を振り上げることなんてできないのだ。

そんなことをすれば、たちまち、宮殿警備の兵士達に、とっ捕まってしまう。いっそ、そうなったほうが、国外退去をいい渡されて、マハティールから逃げられるかもしれない。

けど、運が悪ければ、その場で処刑である。古きよき時代を大切にしている砂漠の王国では、そんな光景も珍しくはないのだ。

どっちにしても、今は、そんなことをしてる場合じゃない。

なにしろ会社の命運は、悲しいかな、このエロバカ王子にかかっているのだ。日本に帰るのが無理なら、この国で仕事をするしかない。

「だったら、日本には帰らなくてもいいから、今度の件だけ、手伝わせてくれないか？」

「諦めが悪いね、トモヤは」

「だって…、このままだと、会社がどうなるか、わかったものじゃないし…」

それに、高田にばかにされたままになるのだ。

そんなこと、マハティールにボロボロにされたとはいえ、智也のプライドが許さない。

智也は、これっぽっちも下げたくない頭を下げる決心をした。

「だから、今回だけ…」

しかしマハティールは、まったくもって、相手にしてくれない。

「きみは、わたしに抱かれるために、この国に来たんだ。仕事をするためじゃない。いい加減、聞き分けて、早く館に戻ったほうが、きみのためだよ」

そんなこと、わかってる。でも、やっぱり、あきらめきれない。

再び宮殿の奥へと向かって歩きはじめたマハティールを、智也は追いかけた。

「マハティールッ……、てっ！」

話をきいてくれ、って叫びかけた智也は、いきなり歩みを止めたマハティールの背中に、ぶつかってしまった。

しこたま鼻の頭を打って、手で抑えながら、顔を上げる。

その視線の先に、マハティールの兄で、アムルーン王国の第一王子である、スルタン・ビン・ジャミル・アル・カシムが、マハティールよりも豪華絢爛《ごうかけんらん》な民族衣装をまとって立っていた。

そして、なぜか隣には、あの憎っくき吾郷が立っている。てっきり帰ったものと思っていたのに、まだ、いたのか。

想像したくないツーショットに、なんだか嫌〜な感じがして、智也はムッとした顔をする。

マハティールも、周囲をはばかりながら、なにやらコソコソとしている二人に、眉間に皺《しわ》を寄せた。

と、向こうも、こちらに気がついたようだ。

『なんだ、マハティール。そなたも、出席していたのか。しかも、あれほど拒絶していたのに、トモヤも一緒とは、奇遇だな。紹介しておこう。これは、トゥルーライズの社員の吾郷遙だ』

馴《な》れ馴れしい様子で近づいてくるジャミル殿下に、マハティールが露骨《ろこつ》に敵対心をあらわにした。

『なるほど。兄上こそ、珍しい客人とご一緒で。また、なにやら悪巧《わるだく》みのご相談ですか？』

言葉はよくわからないけど、二人の間に火花が散ったのは、間違いない。

そして、智也と吾郷の間にも……。

「きみは、まるで金魚のフンのように、マハティール殿下にくっついているんだな」

「な、な、なんだってぇ！」

えらっそうに鼻先で笑う吾郷に、智也は真っ赤になる。

「お前こそ、ひとの会社のテリトリーばっかりかすめ取って、まるでカラスのような奴じゃないかっ！」

いや。ここで、そんな低レベルな言い合いをしても……。

マハティールとジャミル殿下。それに、吾郷までもが、智也を呆れた目で見る。

「な、なんだよ？」

居心地悪い様子に、智也は言葉を濁す。

自分でも、いささか子供じみたことをいったと、反省してしまった。

しかし、吾郷の態度に、ますますむかっ腹が立つ。

「相変わらず、いい味が出てるね、倉橋くん」

クックッ、と笑いをかみ殺す姿に、唇を噛む。

ち、ちくしょう。ばかにしやがって。

なにかいい返したいのに、うまい言葉が出てこない。その智也に代わって、マハティールが口を開いた。

「兄上。トゥルーライズの社員は、礼儀も知らぬようですね」

宝石のように青く澄んだ瞳が、突き刺さるように吾郷に向けられる。

その視線に、一瞬、吾郷はひるんだ。

さすがは、王族。生まれながらに持っている威厳は、そんじょそこらの庶民では、相手にもならない。

やっぱり、誰だってマハティールにすごまれれば、怖いに決まってるのだ。平気なのは、奏人くらいなものである。

「相も変わらず、トモヤのことになると手厳しいな、マハティールは」

その光景を見て、ジャミル殿下が含み笑いをする。

マハティールとの関係を知っているだけに、嫌な感じだ。

しかし、意外にも、ジャミル殿下はそれ以上、マハティールには絡《から》んでこなかった。いつもなら、気に入らない異国の血が混じった弟王子に、散々《さんざん》、嫌味な言葉を投げつけるのに。

「さて、そろそろ国王の話が始まる頃か。皆と一緒に、わたしも大広間に入るとしよう。マハティール。そなたは、参加せぬのか？」

「やむにやまれぬ事情があり、祝いの言葉のみで、失礼させていただきました」

「なるほど。やむにやまれぬ事情か」

さぁ…、ジャミル殿下の嫌味が来るぞ。智也もマハティールもそう思って、身構えた。

が、ジャミル殿下はあっさりと引き下がって、大広間へと向かう。

「では、わたしは行くとしよう。ミスター・ゴゴウ。そなたは、どうする？」

「わたしも、社用がありますので、ここで失礼させて頂きます」

「わかった」

深々と頭をたれた吾郷に背を向けると、ジャミル殿下は、ゆっくりとした足取りで、智也とマハティールの横をすり抜けていく。

なんだか、肩透かしをくらったようだ。

しかし、吾郷は、しっかり期待に答えてくれる。

「では、マハティール殿下。わたしも、失礼させて頂きます。倉橋くん。また、きみに会えるのを、楽しみにしているよ」

エントランスへと向かう吾郷が横を通りすぎるさい、軽くウィンクされて、またもや智也の頭が爆発した。

「うるさいっ！　とっとと帰れ！」

吾郷を最後に、廊下には、智也とマハティール。そして、大広間の前に配置された、宮殿警備兵が数人となった。

それにしても自由に世界を行き来できる吾郷が、余計に腹立たしい。

こんな目にあっていなければ、自分だって今頃は、あのプロジェクトの功績を認められて、社内の花形部署である、海外事業部に配属されたかもしれないのに。

それを、なにが悲しくて、男の性欲処理の相手をさせられているのか。

やっぱり。それもこれも、ぜ〜んぶ！　マハティールが悪い。

しかも、あのツーショットは、絶対、怪しい。吾郷のことだから、着々とカシム家攻略のシナリオを描いているはずだ。

まずい。このままだとカシム家との契約も、ジャミル殿下に近づいたに違いない。マハティールは、あぁいったけど、どう考えてもあの色ボケ王子では、吾郷に取られてしまうかもしれない。不安だし。

ここはひとつ、なにがなんでも、奏人の手伝いをする必要がある。

そのためには、まず、智也のことを勝手に自分のモノだと思いこんでいる、ワガママ王子をなんとかしなければ。

それと、この体に入れられた媚薬も……。

どのみち媚薬に関しては、もうすぐ時間切れ間違いなしだから、絶対にマハティールの洗礼を受けなければいけないのは必至。それなら、今回だけは我慢して、おとなしく従うしかない。それさえ洗い流してもらえれば、なんだってできるのだから。

そう。奏人の手伝いだって。

だったら、どんなに嫌でも、手っとり早くマハティールの相手をするほうが、いいのかもしれない。かなり危ない考えだが、媚薬の魔の手から逃げるには、もうそれしか方法は残っていないのだ。

智也は、マハティールを振り返ると、心を決めた。

「マハティール。早く館に戻ろう」

ついに、智也は自分から、そういった。

絶対にするものかと思っていたのに、恥ずかしくも、自分から誘うような真似に、心臓がバクバクしている。

「どうしたんだい？　トモヤが、そんなことをいうなんて、珍しいね？　さっきまで、あれほど嫌がっていたのに」

天使のようにキレイな顔が、ニッコリ、とロイヤル・スマイルを浮かべる。

その途端、智也の心臓がドキンと飛び跳ねた。

あ、あれ？　なんだか、いつもよりも、動悸が激しいような……。もしかして、これって媚薬の影響じゃ？

たしかジャミル殿下に媚薬を入れられたときも、最初に激しい動悸がして、それから体が熱くなったのだ。と、いうことは…。

智也の額から、タラリ…と冷汗が流れた。

どうしよう、こんな所で。早く戻らないと、絶対、ヤバイ！

「べ、別に。久しぶりの人込みに、ちょっと、疲れたかな…て」

あからさまに誘っているような素振りなど、智也にできるわけがない。

けど、のんびり構えている余裕もなくて、つい、マハティールを急かしてしまった。

「さ、それよりも早く戻ろう、マハティール」

しかし、

「やっぱり、やめよう！」

「えっ？」

突然、心変わりしたマハティールに、智也は焦った。

「な、なんで…？　どうしてっ？」

急がないと、本当にヤバイんだってば！

時間を争うことになった智也の顔は、必死である。

なのに、マハティールは呑気なことばかりいう。

「どうしてって、トモヤが、あれほど嫌がってたから、可哀相《かわいそう》になってね」

なにが可哀相なんだ。このままのほうが、ずっと、可哀相じゃないか。

しかし、媚薬が溶けだしたことを知られたら、所構わず、犯《や》られそうな気がする。だから、いえないのに、マハティールは焦《じ》らすのだ。

「でも、疲れたから、早く戻りたいんだ」

「だったら、大広間の隣にある鏡の間でくつろげばいい。ちょうど国王の話が始まった頃だから、誰も入っては来ないよ。そこなら、ゆっくり、休憩《きゅうけい》ができるからね」

「だから、そんな所は嫌なんだってば！」

これでは、いつもと反対だ。

「それほど、館に戻りたいのかい？」

コク、コク、コク、と智也は頷いた。

なにがなんでも、館まで戻らないと、どうしようもない。

「なら、わたしにキスできたら、考えてあげるよ」

「えっ？」

いきなりふっかけられた無理難題に、智也の目が大きく見開く。

館に戻りたい、と誘うようなことはできても、実際、行動に移すことなんて、絶対に無理だ。

「そんなの、できるわけがないだろ！」

いくらゲスト達がいなくなったとはいえ、マハティールの後ろには、大広間を守るように廊下に配された、宮殿警備兵がいるのだ。こんな所で、できるわけがない。

しかし、やらなきゃ、マハティールは絶対に『うん』と答えるつもりはないらしい。

「だったら、一人でその体を鎮《しず》めるんだな」

や、やっぱり、気づかれてたか…。

当然といえば当然である。かりにも、王家伝来の媚薬なんだ。王子様にわかるのは、当たり前だ。

だけど、それならそれで、早く助けてくれてもいいのに。

智也は、マハティールに対して、絶望的な希望を抱いていた。このワガママ王子が、素直に助けてくれるようなタイプなら、今頃、智也は大きなプロジェクトを堂々と手掛けていたに違いないのだから。

助けてくれないから、今まさに、崖《がけ》っぷちに立たされているのだ。

長年、遊び相手をしているわりには、まだまだマハティールの性格を、読みきれていない智也である。

だから、いいようにオモチャにされるのだ。

だけど、いくらなんでも、自分からキスをするなんて……。

「あの…、マハティール。どうしても、キスしなきゃ、ダメ？」

「わたしにお願いを聞いてほしいなら、それくらい、当然だよ」

どうあっても、他に逃げ道はないようだ。

こうなったらしかたない。どうせ、媚薬が溶け出したら、マハティールに犯されるのだ。今さら、キスのひとつや、ふたつ……、どうってことないさ。

智也は、ついに決心した。

けど、ここはちょっと、まずいよな。

「わかった。キスすればいいんだろ。でも、ここじゃあ、ちょっと…」

しかし、智也の希望は、あっさり却下される。

「ここでできなければ、一緒だよ」

ちくしょう。人の足元、見やがって！　こうなりゃ、ヤケだ！

迫《せま》りくる媚薬の恐怖に、智也は泣く泣く、マハティールのいうとおりにすることにした。

キョロキョロとあたりを見渡して、マハティールの背中ごしに見える警備兵以外には、誰もいないことを確認する。

そして、思いきって、マハティールの顔に近づいて……。

「…」

所要時間、わずかに、一秒！

「トモヤ。たったの、これだけかい？」

ほんのちょっと、触れたか触れないかの瀬戸際《せとぎわ》に、至極《しごく》、不満そうにマハティールは智也を見た。

「キスに、かわりはないだろ」

必死の思いに、ケチをつけるなとばかりに、智也はいった。

「なるほど。確かに、キスにはかわりがないね」

「これで、いいだろ。早く、館に戻って、…っ！」

最後の言葉をいい終わらないうちに、今度は、智也がキスされてしまった。

「……………………………………………………………………………………」

それも、超特大のロングバージョンを！

いくらマハティールの背中ごしで、警備兵達からは見えないといっても、これではバレてしまうかもしれない。

しかし、そんなことも忘れるくらいの長いキスに、智也の体は徐々に熱くなっていく。

解放されたときには、吐息ばかりか、すっかり下半身が反応してしまっていた。

「これも、キスだね」

キスはキスでも、こんな物凄《ものすご》いモノをするなんて、さすがは王子様。なんて、感心してる場合じゃない。

媚薬の効果は、すでに、絶大なものに代わりつつある。

早くここから立ち去りたいけど、まだ、キスの余韻《よいん》を引きずってては、まともに歩けない。

そんな智也の体を、なにを思ったか、マハティールが鏡の間へと続く控《ひかえ》の間に連れこんだ。

「ちょっ…、マハティール！　約束が違…っ」

「約束？　わたしは、考えるといっただけだよ」

だ、騙《だま》された！

またもや、マハティールの口車に乗せられて、智也は墓穴を掘ったのだ。

「それに、たった一秒のキスじゃ、満足できるはずがないだろ。もっと、わたしを甘く誘うような、危ういキスをしてくれないと、お願いはきけないよ」

「そんなの、できるわけがないだろ」

「だから、今から教えてあげるんだよ。この部屋で」

そういいながら、控の間を足早に通り抜けて、鏡の間の扉を押し開ける悪魔に、智也の額から、タラリ…と冷や汗が流れる。

扉の中に入ると、正面に設えた玉座の後ろには、大きな一枚張りの特注鏡があった。

「どうだい、トモヤ。わたしに抱かれて乱れる姿を見るには、最高だろ」

マハティールの考えていることに、智也の顔から血の気が引いていく。

悪趣味にも、ほどがある。けれど、ここで抵抗しては、パーティーに招待されたゲスト達にも、見られてしまう恐れがあるのだ。悔しいけど、ここはおとなしくしてるしかない。

なにしろ、媚薬が入れられている体は、智也の意思などおかまいなしに、反応しまくるのだから。

それがわかっているから、こんな所では、嫌だったのに……。

なのにマハティールは、わざとこんな嫌がらせをするのだ。そういう性格だということだけは、子供のときからわかっていたけどね。

それでも、マハティールのひと言、ひと言に、つい怯《おび》えてしまう。

「あぁ、それから、ちょうどわたしも、トモヤに聞きたいことがあったんだ」

「き…、聞きたいことって?」

マハティールの思惑は、まだ、なにかありそうだ。

「きみと、さっきの男の関係をね」

さっきの男って、吾郷のことだろうか?

「吾郷は、ライバル会社の社員で…」

「わたしが聞きたいのは、きみの叔父上のことだよ」

「奏人のこと？」

「そう。きみが、それほどまでに、一緒に仕事をしたいと思っている男だ。ぜひ、聞かせてもらいたいものだな。ちゃんと答えられたら、今回だけ、特別に館から出ることを許してあげるよ」

ニッコリと、とびきりのロイヤル・スマイルに、智也の顔が青ざめる。

は…はは、は…。こ、怖い…。

真剣な眼差しのマハティールに、智也の恐怖が最高潮に達する。

こんなことなら、マハティールを誘うような真似なんて、するんじゃなかった。後悔しても、閉じた扉の中では、遅すぎる。

＊

淡いランプの明かりが灯された鏡の間は、海外の企業や一般の人々が国王と謁見する部屋である。

道のように細長く敷きつめられた青と白のタイルの先には、一枚鏡を背に、目の細かい最高級のペルシャ絨毯の上に置かれた、国王や王族が腰掛ける大きな片肘ソファがあった。

高いドーム型の天井にある採光窓からは、砂漠の空に浮かんだ三日月が赤く見えている。

智也も何度かこの部屋には入ったことがあるが、いつもは警護の者やお付きの者たちがいて、物々しい雰囲気なのに、誰もいないこの部屋は妙に静まり返って、どこか壮麗な趣《おもむき》がある。

しかしそんな趣も、マハティールと二人っきりでは台無しだ。

「トモヤ。きみのお望みどおり、その熱い体をなだめてあげるよ」

耳元で囁く艶のある声に、智也の背筋がゾクゾクする。

分厚い壁で隔《へだ》てられた大広間の賑やかさに比べ、やけに静かな室内は、妖しさ満点の空気が漂っている。せっかく決めた覚悟も、空に浮かぶ砂漠の月まで放り投げて、逃げだしたい気分だ。

しかも、いくら切羽詰まっているからって、こんな思いこみの激しい自分勝手なワガママ王子のいいなりにならなきゃならないなんて、悔しすぎる。

それも、こんな場所で……。

「あ、あのマハティール。やっぱり、ここはまずいんじゃ…」

部屋の奥へと手を引かれながら、智也の後悔はますます大きくなっていく。

しかし、すでに犯《や》る気モードのスイッチが入ってしまったマハティールが、すんなり許してくれるわけがない。

「早くと望んだのは、きみのほうだろ」

「それは……」

確かにそうなんだけど。でも、いつ人がやってくるとは限らないのに、簡単に納得はできない。

「だったら、もっと別の場所で…」

「例えば、大広間とか?」

それはもっと嫌かも。

マハティールの冗談が冗談ですまなくなるのは、この体が一番よく知っている。

やっぱり、今さらあとには引けないか。それならいっそ、とっとと終わらせてしまうほうがいい。

「わかった！　ここでいい」

どうせどこでやっても一緒なんだ。

なかばヤケクソにそう思ったのに、部屋の奥にある一枚大鏡を前にした途端、その強気の覚悟もしおれていく。

やっぱり、ダメだ！

いくら媚薬をなんとかしたいからって、こんな鏡の前でマハティールに抱かれるなんて、絶対に嫌だ。

「マハティール。やっぱり、違う場所に…っ！」

そういって、素早く扉に向かおうとした智也の体を、マハティールが抱き寄せた。

その途端、たくましい胸に顔を埋めた智也は、甘酸っぱい異国の香りに包まれて、熱い鼓動を跳ね上がらせた。

「マ、マハティール……」

ビックリして、慌ててその手を振り解こうとしたが、白い民族衣装をまとったしなやかな褐色の体に、しっかりと抱きしめられていては、そんなこともできない。

なにをされるかなんて、こっちから誘っておいては今さら愚問だが、それでも声が震えてしまう。

「ダメだよ。ここじゃなきゃ、この熱い体を解放してあげない」

「…ぁ…っ」

耳たぶに唇を寄せられて、甘い疼きに体が反応する。

「せっかくきみが、こんなに感じてくれているのに、これ以上おあずけなんて、酷いことをいわないでほしいな」

「だ、だって…」

「だって…、なんだいトモヤ?」

「だって、こんな鏡の前なんて…」

「恥ずかしくて、嫌？　でも、きみはいつもわたしに入れられたら、恥ずかしいくらい蜜をいっぱい零しているじゃないか」

「それは……ぁっ…」

それは、マハティールが目一杯、弄りたおすからであって、絶対の絶対に自分の意思じゃない。

そういいたいのに、首筋にキスされて、智也は言葉を失った。

「それとも、いつものように酷くされたくて、わたしを焦《じ》らしているのかな?」

「ちが…っ!」

いきなり民族衣装の上からお尻を撫でられて、ヒクリ…と喉がなる。

マハティールの指が、唇が…、触れるたびに走る甘い電流に、智也は泣きたくなった。いくら媚薬のせいだからって、こんな情けないこと、あんまりだ。

しかしマハティールは、至極、ご満悦そうに智也を抱きしめる。

「本当に、こんなに感じるようになるなんて、嬉しい限りだよ。わたしの躾《しつけ》も少しはわかってきたようだね」

「…ぁ……っ、だってこれは、媚薬のせいで…」

「媚薬？　なんのことだい、トモヤ？」

「へ？」

「媚薬なんて、わたしは使っていないよ」

な、なんだってぇ！

まさか、そんなはずはない。だって、媚薬のせいで、こんなに感じているんじゃなかったら、この感覚っていったい……？

智也は慌ててマハティールを見上げた。

「だ、だって。パーティーの前に、媚薬だっていって、無理やり入れ……」

バッと両手で口を塞いだ智也は、カァッと顔を赤くした。

あのときの光景を思い出しただけで、恥ずかしくて死にそうだ。なのに、媚薬だなんていっておきながら違う物を入れるなんて。

じゃあ、アレっていったい？

「あぁ。あれは、『バラの香玉』に似せた、真っ赤なニセモノ。バラのエッセンスを固めただけの、単なるローズ・エッセンス」

そ、そんな……。じゃあ、本物だと思って慌てた自分って、単なる馬鹿？

「マ…、マハティール。なんで、そんなことを…？」

「そういっておけば、簡単に逃げようなんて思わないだろ」

確かに、媚薬だと思ったからこそ、せっかくのチャンスも涙をのんで我慢したのだ。それなのに、嘘だったなんて。

あまりのことに、智也は言葉も失って、マハティールの胸の中で、ただ呆然とするしかなかった。

「でも、まさかトモヤが、本当にその気になるとは思わなかったよ。わたしにとっては、嬉しい誤算だ」

惚《ほう》けた智也の額に、マハティールが優しく口づける。

「わたしを誘えるようになるなんて、トモヤもやっとハーレムで務まるようになったようだね」

その言葉に、智也の理性がプッツンする。

「そんなのなるわけないだろっ！」

智也は、抱きしめていた腕を振り払うと、正面からマハティールを見据えた。

ちくしょう。また騙された。

誰が悲しくて、男の自分が、男を楽しませるハーレムで務まるくらいになりたいものか。

「騙して、いいようにオモチャにするなんて、ずるいぞ」

逃げようと後ずさる智也の腕を、マハティールが再び掴んで引き寄せる。

「愛すればこそだとは、思わない？」

「思わないっ！」

「酷いな。せっかく手に入れたんだ。愛するきみを、手放したくないだけなのに……」

超どアップにも耐えうるキレイな顔がとことん近づいて、智也を鏡へと追い詰める。

青い瞳にジッと見つめられ、ズクンと体の奥で、またもや甘い疼きが起こった。

おかしい。媚薬なんて、入っていないのに……。いくら顔だけは好きだといっても、マハティールの毒気に、完全にやられてる。

それとも、日本を出て、ずっとベッドの相手なんかさせられてるから、いつの間にか、体が勝手に反応するようになっているんだろうか？

まさか、マハティールのいうとおり、ハーレムでも務まるくらいになっているとか？

だったら、ここから逃げることに成功しても、どんなに可愛い女の子が現れたって、マハティール以外じゃ反応しなくなっているかもしれない。

怖い考えに、智也の顔が青ざめる。

やっぱり、これ以上、マハティールの相手なんてしたくない。

「放せっ！　媚薬だなんて、嘘つくような卑怯者なんか、大っ嫌いだっ！」

卑怯者呼ばわりされて、マハティールの眉がピクリと上がる。

「聞きずてならないな」

艶然としたロイヤル・スマイルに見つめられて、さっきまでの威勢のよさもどこへやら。智也は、頬を引きつらせながら、ゴクリと唾を飲みこんだ。

「きみには、媚薬なんて必要ないだろ。ほら、わたしに触れられただけで、もう、こんなになっているのに…」

抱きしめていた手が、布の上から智也を握った。

「…ぁ…、やめ…っ」

軽く上下に扱かれただけで、それはグッと固さをます。

「体だけはわたしを誘えるようになったけど、主《あるじ》への礼儀の躾はまだまだだね」

それは、無理やりこんなことをするからだろ。

勝手なことをいうマハティールに、智也は子供のようにムッと唇を尖らせる。

「こ、こんなことしなきゃ……、いくらでも礼は……つくしますよ、殿下。……ぁ…っ」

礼儀を求めるなら、そっちも礼儀をわきまえてほしいものだ。

だいたい、こんな所で無理強《じ》いする相手に、礼儀もなにもあったもんじゃない。それも、媚薬を入れただなんて、嘘までつくような相手に…。

智也は今さらながら、はらわたが煮えくり返るような怒りを覚えていた。

「そんなに騙したことを、怒ってるのかい？」

「あたりまえだろ。おかげでこっちは、しなくてもいいことまでしたんだからな」

あぁ。返す返すも恥ずかしい。あんなに嫌がっていたのに、マハティールを誘うような真似までしたなんて。どれだけつらくてみじめでも、絶対にしてはいけないことだったというのに。

それなのに、どうしてコイツは、こんなに涼しい顔をしていられるんだ。

卑劣な凌辱《りょうじょく》者は、あくまでも艶然とした笑みを浮かべ、智也を見つめている。

その顔は、とてもじゃないが、まだ十九才とは思えない。

傲慢で、自信に満ちて、何者にも屈せず、黙ってるだけで人を威嚇《いかく》する強い意思を持った、天使のように綺麗な顔をした悪魔。

そこには自分の欲望を満たす相手を見つめる、しなやかな褐色の獣がいた。

嫌な予感に下を向いたところを、ツイ…と細く長い指が伸びてきて、無理やり顎を引き上げられて、目を見張る。

「言葉だけで誘われても、キスがあれでは、ムードも台無しだよ」

ムードなんて、自分のほうがよほど縁遠いくせに、なにをいってるんだか。

「だったら、他の相手とキスすればいいだろ」

「わたしは、トモヤがいいんだ」

そういって、軽く唇と唇が触れ合った瞬間。智也は、マハティールを突き飛ばしていた。

「い…嫌だって、いってるだろ」

ほんのちょっと、いや、かなりしっかりと唇が押し当てられて、智也はここから逃げだそうと後ろを向いた。が、目の前を阻む大鏡に、体が硬直する。

「逃げるときは、ちゃんと逃げ道を考えないとダメだよ、トモヤ」

クスクスと背後で笑われて、智也はマハティールのほうを見る。

「あの…、マハティール。これは…、えっと…」

弾みとはいえ、マハティールを突き飛ばしておいて、ただですむはずがない。

しかし。

「相変わらず可愛いね、トモヤは」

ニッコリと微笑んだロイヤル・スマイルに、大丈夫かも！　と、安心したのがいけなかった。

やはり、逃亡に失敗した可哀相な子羊を、マハティールが許すはずがなかったのである。

「主であるわたしを突き飛ばしたんだ。だから、いいよね」

いいよね？　いいよねって、なにが？

わけもわからず立ち尽くしていたら、いきなりマハティールが腰に差していたハンジャルの剣《つるぎ》を抜き、智也の着ている白い長衣の胸元に、突き刺したのだ。

「…マ…、マハティール…っ！」

殺される！　そう思った瞬間、シルクの布が、甲高《かんだか》い音とともに、真っ二つに引き裂かれた。

「な、なにを……、んっ」

するんだといいかけた唇を、強引に塞がれて抱き寄せられる。

「んっ…んんっ……」

噛みつくような激しいキスに、智也はくぐもった声を漏らした。

布を引き裂かれた体は、裸の胸を露にして、逞《たくま》しい腕にすっぽりと包まれている。

「……んっ…ぁ…や、やめっ…」

長い口づけに、智也はマハティールの顔を押し退《の》けると、切り裂かれた布をかき合わせながら、目の前の顔をキッと睨んだ。

「なにするんだよ、マハティール！　死ぬかと思ったじゃないか」

いきなり切っ先を突きつけられて、智也は本当にビビッた。

なにしろこの国では、王族に対する態度一つで、簡単に処刑されるのである。

けれど、マハティールはそんなことの代わりに、耐えがたい屈辱と、終わることのない快楽を智也に強いろうとしていたのである。

「きみを抱く楽しみがなくなるようなことを、わたしがするわけがないだろ。邪魔な布を、ちょっと切り裂いたまでだ」

ハンジャルの剣を鞘《さや》に収めながら、マハティールが微笑む。その悪魔の微笑みに、智也は足がすくんで動けなくなった。

「これなら、すぐに愛してあげられる」

怖い。目が、目が笑ってない。やっぱり。さっき突き飛ばしたのが、いけなかったんだ。どうしよう……。

しかし、ここでおとなしく引き下がるわけにはいかない。

智也は、ハンジャルを床に捨てたマハティールの腕に捕まって、慌てて逃げようとした。

「…やっ…、はなせ…っ」

この男の怖さなんて、子供の頃から嫌というほど思い知らされている。

ここで抵抗しなくちゃ、こんな大きな鏡の前で、情けなくも恥ずかしいことをされてしまうのだ。

「心配しなくても大丈夫だよ。いつもよりも、ずっと優しく入れてあげるから」

優しくされようが、酷くされようが、どっちも抱かれることには違いないじゃないか。

しかも、

「鏡に映るように、ゆっくりとね」

やっぱり、こんなことを考えてる変態王子なんだから、なにがなんでも、抵抗するしかない。

「やめっ…、誰か来たら、どうすんだよ？」

鍵は開いているのだ。

いつ、誰が謁見室を覗くとも限らない。

「そのときは、思いっきり鳴かせてあげるよ。そうすれば、誰も無粋《ぶすい》な邪魔などしようと思わなくなる」

そんなの絶対にごめんだ！

「こんなこと、他人に見せるもんじゃないだろ」

止めるならともかく、これ見よがしに、喘がされてたまるものか。

そう思って言ったのに、マハティールはまったくもって、明後日《あさって》の方向に話を解釈してくれる。

「嬉しいね。わたしのために、他人に肌を見せないなんて……。それほどわたしを愛してくれているの？」

ちーがーうー！

ぶんぶんぶん、と智也は頭を振った。

「そうじゃなくって……ぁ…」

「だったら、おとなしくしていることだ。でないと、本当に警備の衛兵が飛んでくるからね」

そういって、マハティールは引き裂いた布を、智也の腕から脱がそうとする。

「…やめろってばっ」

智也は、それに慌てて抵抗した。

しかし……。

「そんなに、誰かに見られたいのかい？　だったら、思いっきり刺激的なものを、見せてやるといい」

いきなり後ろを向かされた智也は、腕から抜けかけていた布を、そのまま背中に回した腕に巻きつけられて驚いた。

「マハティール…っ！」

思いも寄らないことに、智也の目が見開かれる。

まさか、後ろ手に両腕を拘束されるなんて……。

「…や……、やだっ……っ！」

「こういう姿も、たまには刺激的だ。いつも以上に、気持ちよくしてあげるよ」

「そんなことされたって、ぜんぜん気持ちよくなんてない」

「嘘はいけないよ、トモヤ。どんなに嫌がってても、きみはすぐに気持ちよくなるくせに」

「あ……っ、や…やめっ…」

マハティールは、鏡に体を押しつけられて、動くこともままならない智也のズボンを脱がしにかかる。

「……マハティールっ」

拒絶の言葉などまったく聞き届けられず、智也は裸に剥《む》かれてしまった。

そして、剥き出しになった下肢《かし》の間に、マハティールが体を割りこませてくる。

「…嫌だってば…、あぁっ！」

立ったまま開かれた足の間に体を入れたマハティールは、鏡の前で恥ずかしげもなく晒されている、萎《な》えた股間にそっと愛撫を始めた。

恐怖と屈辱にかすかに震える哀れな股間は、強張《こわば》った下肢の中心で、頭をうなだれていた。

それを、マハティールのキャメル・ブラウンの掌《てのひら》が押し包んだ。

軽く上下に扱かれただけで、たちまち元気を取り戻す智也。

「ほら、もう元気になった。口ほどにもない。もうちょっと抵抗してくれたほうが、わたしとしては楽しめるんだけどね」

ほんのわずかな愛撫で勃《た》ち上がってしまった股間に、智也の体が羞恥に赤く染まる。

「…ぁ…やだっ……、あぁ…」

指の動きが速くなり、喉をのけ反らせて身悶《みもだ》える。

マハティールの指に慣らされた体は、ほんのちょっとの愛撫に、早くも先端から蜜を溢れさせていた。

「…も…やめ……っ、腕を…はな……ぁ…」

立ったまま、情けないほどの快感に苛《さいな》まれ、智也は腕を自由にしてくれ、と抵抗する。

「ダメだよ。これは、わたしを突き飛ばした罰なんだから…」

優しい声で、こともなげに言われて、智也はキッと鏡越しにマハティールを睨む。

「そんな目をしても、無駄だよ。きみのココは、わたしの指に触られるのが好きなんだから」

そう言いながら、キュッと性器が握られる。

絞《しぼ》るように指で下から上に扱かれ、たまらず零れた蜜が、鏡を濡らす。

やわやわと袋を揉《も》みしだかれて、甘い痛みが智也の腰を突き抜けた。

「…あぁっ……やっ…、んん…」

袋ごと責められ、自由の利《き》かない体を精一杯よじって、切なげに眉間に皺《しわ》を寄せた。

どんなに拒否してみても、与えられる愛撫に股間の昂《たかぶ》りは、止めどなく蜜を溢れさせている。頭では嫌だと思っても、慣れた指先の愛撫には、所詮《しょせん》、無駄な抵抗だ。

いくらもしないうちに、智也の昂りは、極みへと昇り詰めていた。

「…ぁ…っ…嫌だ…、……あぁっ」

それでも智也は、沸き上がる射精感に、頭を振って必死で耐えようとする。

いくらなんでも、こう簡単にイカされてばっかりでは、マハティールをつけ上がらせるだけなのだ。

だから、なんとか我慢しようとするんだけど、それがかえってマハティールを楽しませることになるなんて……。

「どうしたの？　今日は珍しく頑張ってるね。まぁ、わたしも、このほうが楽しいけど」

そういって、必死で耐えようとする智也を追い上げるように、指の動きが速くなった。

「…やめっ！」

背後から激しく責め立てられて、智也は掠れた悲鳴を上げる。

立ったまま鏡に体を押しつけられて、押し寄せる快感に体が大きく震え、何度も上下に扱かれるたび、耐えがたい射精感に体が強張った。

流されてしまいそうな快感に、体中の血が逆流し、息が上がる。

「…も…、だめ……、はな……っ！」

幾度《いくど》となくイカされた体には、その刺激はたまらなく甘美《かんび》なものだった。

だから悔しいけど、いくら抵抗しようとしても、やっぱり、マハティールの思惑どおりになるしかないのだ。

「…ぁ…っ…ぁ…いや……、いやだっ…」

それでも、最後まで抵抗を続けようとした智也だが、促すように扱かれて、ついにその時を迎えてしまった。

「……くっ……っ！」

全身の筋という筋がピンと張り、爪先立《つまさきだ》ちになった体が固く強張る。

その瞬間、智也の欲望が、大鏡に飛び散った。

「なかなか刺激的な光景だ。でも、今度はちゃんと、鏡が見えるようにしてあげないとね」

そんなことしてくれなくても、いいってば…。

そういいたいのに、全身を襲う虚脱感に、思考が空回りしていて、声なんて出せない。

それをいいことに、マハティールは、無理やり射精させられてぐったりとなった智也の体を、ペルシャ絨毯へと引き倒した。

腕を縛られたまま、胡座《あぐら》を組んで座ったマハティールの膝の上に、背中を向けて座らされる。

そして、正面を向いた智也は、鏡に映った自分の目と視線が合って慌てた。

「マ、マハティール…、この恰好は……っ」

今さら、この体勢がなにを意味するかなんて、知らないわけじゃない。でも、これは…。

「これなら、ちゃんと見えるだろ」

脇腹から差し入れられた手に、裸の胸を撫でられて、智也の体が震えた。

「まさか……、このまま…」

「さぞかし、官能的だろうね」

あまりの悪趣味に、鳥肌が立つ。

「冗談……」

を、マハティールがいうわけないことなんて、わかりきっている。

だったらこれは、最悪のピンチ！

「…マハティール、やめ……っ…」

なにをされるのか悟った智也が嫌がるのを無視して、マハティールは両足を左右に大きく割り開く。

鏡の前で抵抗もできずに、恥ずかしい部分を開かれて、智也は正視できずにギュッと目を閉じた。

それを見たマハティールは、落胆の声を漏らす。

「あぁ。これは失敗だった。目を閉じたら、お仕置きにもならないな」

やった。これで安心だ。

しかし、智也の考えは甘かった。

「仕方ない。それなら、普通のセックスで、我慢してあげるよ」

そういって、マハティールは、智也の体を今度はペルシャ絨毯に押し倒す。

縛った腕はそのままに、うつ伏せに膝を立たせると、腰を持って高く上げさせた。と、間髪入れずにいきなり襲った痛みに、智也の体が再び強張る。

「…い…っ！」

それは、マハティールの細く長い指だった。

「……ぁ……、や…っ…」

狭い蕾を、慣らすこともしないで、無理やり侵入してきた指に、智也の喉が鳴る。

なんの準備もされずに挿入された異物は、媚薬の代わりに入れられたローズ・エッセンスで潤った内部を、いともすんなりと進んでいく。

これのどこが、普通のセックスなんだ！　そう文句をいいたいけど、強引に広げられて粘膜の引きつった痛さと圧迫感に、智也の体はすっかり固くなって、言葉すら喉の奥で張りついてしまっていた。

「トモヤ。きみのお望みどおり、熱い体をなだめてあげているんだ。そんなに締めつけないで、もっと楽しんだらどうなんだい」

「そんな…の、今さら……いらな…、あぁ……っ」

媚薬が入っていると思いこんでいたから、マハティールを誘ったんだ。嘘だとわかったら、そんなことしてもらわなくていいのに。

なのに、マハティールは、そっと前に手を回すと、竦《すく》み上がる智也自身を握りこんで、愛撫を加えてくるのだ。

「…ぁ……やだ、…ぁ…っ…ぁ……」

軽く扱かれて、智也の体から、途端に力が抜ける。

「ココを触られると、すぐに体が柔らかくなるね。もしかして、きみの叔父上の指でも、そうなのかな?」

そんなの試したことなんてないんだから、わかるわけがない。

いったい、なんでそんなに奏人のことが、気にかかるのか。智也には、まったく見当もつかない。

しかし、答える様子のない智也を見て、扱かれる快感に徐々《じょじょ》にほころんできた蕾に、マハティールの指が容赦なく突き立てられる。

「……っ…やめ…ぁ、…あぁっ」

それを今度は、ゆっくりと抜かれる。

溶けだしたローズ・エッセンスの力を借りて、滑りのよくなった指でそれを何度も繰り返されて、そのつど沸き起こる耐えがたい感覚に、智也は頭を振って嫌がった。

「そういえば、まだ聞いていなかったね。きみと叔父上の関係を…」

「関係って……、だから、叔父さんだって……ぁっ」

深く差し入れた指を、内部で激しく動かされて、智也は言葉に詰まった。

「そんなことはわかってる。わたしが聞きたいのは、体の関係だよ」

それこそ、そんなことをいわれたって、なんにもないものは、答えようがない。

しかし、マハティールは執拗に、智也を責め苛む。

「いやだっ…、マハティール。そんなに、キツクしな……あぁっ！」

そして、その指がある一点に触れた瞬間。智也の体は、甘い疼きに満たされた。

「…ひっ…ぁ……、あぁ……っ」

長く甲高い声が、智也の口からほとばしる。

背中が弓のように大きくしなり、喉をのけ反らせる。

「ぁ……ぁっ……、ぁ…っ…」

途切れ途切れに、信じられないくらいの甘い声を上げ、智也は身悶えた。

大広間ではまだパーティーの最中で、廊下には警備兵だっている。それなのに、そこを指で触れられるたび、声を抑えることができない。

「答えられないなら、もっと感じさせてあげるよ。きみが、彼のことを忘れるくらいにね」

だから、ちゃんと説明しようとしてるのに、マハティールがこんなにするから、なにもいえなくなるのだ。

それをわざわざ棚に上げて、散々、嬲《なぶ》るのが好きなくせに……。

もう一本、指を増やされて、智也の体が震える。

「……ぁ…っ……ぁ……、あぁ…ぁ…っ」

二本の指で出し入れされ、智也の声はますます大きくなっていく。

初めは固く閉じていた蕾ですら、二本の指を受け入れ、淫らな音を立てている。

両手を背中で縛《いまし》められたまま、前と後ろを同時に犯されて、智也の快楽は止まることを知らない。

「……あぁ…、ぁ…っ…ぁ…あっ…」

マハティールの相手なんて、嫌なのに……。

体は巧みな指の動きに嬲られて、ますます激しく喘がされていく。

「そろそろ、入れさせてくれそうだ」

この狂おしいばかりの快感に、これからも、ずっと耐えなくてはいけないのだと思っただけで、涙が出そうだ。

それは、ここを逃げだす以外、絶対になくならない。

しかし、マハティールが、万に一つのチャンスをくれた。

「ミサキ電工の件は、わたしが話をつける。だから、きみはなにも心配しないで、わたしに抱かれていればいい」

そういって、指を引き抜いたマハティールは、熱い昂りを引っ張り出すと、智也に押しつける。

「…ひっ」

背後に近づいたモノに、智也が喉の奥で小さな悲鳴を上げる。

「……ぁ…、嫌だ……やめっ…」

入れられまいと、必死で抵抗する智也を難なく押さえつけ、マハティールの昂りは、意外にもすんなりと、中に入ってきた。

「……ぁ…っ……、や…っ……っ」

両手を縛られたまま、引き裂かれるような感覚に、上げそうになった声を飲みこんだ。

ここがどこか。声を出せばどうなるか。そんなこと、わかりきっている。

けれど、いいように弄ばれて、コケにされてるばかりじゃ、我慢はできない。

「こんな…の、おれの仕事じゃな……、あぁっ」

なんとか言葉を続けたいのに、ローズ・エッセンスで潤った内部を、指とは比べ物にならないくらいの大きさに、いっきに奥まで貫かれていては、声もまともに出せない。

それでも、いわなきゃ。奏人と仕事をさせてほしいって…。

「頼む…から、奏人と仕事を……ぁ……っ」

根元まで深々と埋めこんだマハティールは、もう一度、智也の前に手を回す。

「お願いを聞いてほしいなら、もっと、わたしを楽しませてくれないとね。それができたら、叔父上との仕事も許してあげるよ。モチロン、ハーレムから出してあげるし、この城の中を歩くのも自由だ」

グッと奥まで突き入れて、マハティールが動きだす。

それと一緒に、股間を扱く指に、力が込められる。

「……ぁ…やめ…、や…っ、…んんっ」

前と後ろを同時に責められて、智也はすぐにも爆発しそうになった。

激しく突き上げられて、再び起こる射精の予感に、頭を振って嫌がる。けれど、さらに激しくなる動きに、それも拒むことができなくなる。

そして、

「…ぁ…っ……、あぁ……っ！」

マハティールに深々と貫かれた瞬間、智也は二度目の精を吐き出していた。

しかし、智也の中を犯す雄の欲望は、まだ、くすぶり続けている。

「酷いな、トモヤ。また、わたしだけ、おいてけぼりかい？」

先にイッた智也を、責めるように、マハティールが腰を動かす。

「……ぁ…やめ……ぁ、…ぁ…っ」

弱いところを責めたてられて、智也の口から、再び甘い吐息が漏れはじめる。

両手の縛めを解かれ、力なくペルシャ絨毯を握りしめる指は、またもや沸き上がった熱い疼きに小刻みに震えだす。

「…ぁ……な…、なん…で…っ」

息つく間もなく背後からのしかかられて、抵抗しようとして上げた手が、虚しく宙を舞った。

「もっと楽しませてくれたら、お願いを聞いてあげるよ」

「…そんな……、ぁ…っ…」

背後から前に回ったマハティールの指が、智也の抗議も聞かずに、平らな胸の赤い突起を探り当てた。

親指と人さし指で摘んで、潰されて、背筋を駆け抜ける快感に、智也はたまらず頭を絨毯に押しつけた。

「……ぁ…っ…や、やだ……、やめ……っ」

執拗に指で嬲られて、たったそれだけで押し寄せる快感の波に、智也はこらえきれずに上がる甘い喘ぎを、必死で押し殺そうとする。

鏡の前だというのに、胸を愛撫されて、こんなに感じてしまうなんて……。

今さらながら、自分が情けない。

「…やっ…、ぁ…あぁ…っ」

しかし、すでに赤みがかった体は、ほんの少しの愛撫にも、真っ赤に染まる。

恥ずかしくて潤んだ瞳に、体の中の欲望が跳ね上がる。

「こうやって、わたしの腕の中で素直に鳴くなら、許してあげなくもない」

そういいながら、キャメル・ブラウンの指が、またもや熱くなりだした股間に絡められてくる。

軽い動きで何度か扱かれて、小刻みに体を震わせながら、頭をもたげはじめていく。

「…そんなの…無理…、ぁ…っ……、あ…っ…」

「無理だといっても、きみはすぐに言葉を裏切るからね」

裏切らせてるのは、どこのどいつだ。まったく、限度ってものを知らないマハティールの責めに、いつも大変な思いをしているのだ。

今だって、ちょっとは…、いや、かなり気持ちがいいのは認めるけど、それでも、こう何度も求められたら、仕事どころではなくなってしまう。

それなのに、さらに愛撫を加えられて、熱い昂りに、情けなくもしとどに蜜は溢れ出している。

そして、指とマハティールの雄に突き上げられて、十分感じていた股間は、蕩《とろ》けるような快感に、早くも頂点へと駆け上がった。

「それと、もう一つ。きみがわたしのモノである証を、ぜひ、この体につけてもらう」

「え…？　それって……」

「約束しただろ、首輪を贈るって。それが今日、手に入ったんだよ」

「なっ……！」

大事な約束は、勝手に忘れたふりをするくせに、そんなことだけ覚えてるなんて……。

マハティールの自分本位な態度には、呆れてものがいえない。

けど、そんな物をつけられた日には、目も当てられない。

「…そんなの……、嫌だ…。それに…ぁ…、二つもお願いを出すなんて……、あぁっ…」

ずるいぞ、という言葉は、さらに激しく腰を入れられて、喉の奥にこぼれ落ちた。

「トモヤのお願いも二つだ。これで、おあいこだよ」

激しい揺さぶりに、身も心も翻弄される。

「それに、大粒のスター・サファイアを使っているんだ。きっと気に入るよ」

そんな物、気に入るわけがないだろ。なにが悲しくて、犬や猫みたいに、マハティールに繋がれなきゃいけないいんだ。

これでも、立派な日本男児だぞ！

しかし、男のモノを深々とくわえこまされて、後ろをヒクヒクさせてては…、いきがってみても無駄。

そればかりか、早くイキたくて、自分から腰を動かしていては、やっぱり喜んでいるようにしか見えない。

動きがさらに激しくなり、頂点へと昇りつめていくのがわかる。

そして、マハティールの昂りが、いっそう大きくなって智也を襲った。

「……ぁ…っ……、あぁっ……！」

智也の声が、消えいるように鏡の間に響く。

その瞬間。

マハティールの欲望が、智也の中で弾けた。

ハーレムに入ってからというもの、ほとんど体を休める暇もなく相手をさせられて、智也の体力も精神力もすでに限界。

甘い言葉と巧みなテクニックで、快楽のどん底へと突き落とす、美しい獣からようやく解放された体は、ゆっくりと安らぎのまどろみの中へとその身をゆだねていく。

ACT. 4

次の日の早朝。

アムルーン市内に立地する、この国きっての高級ホテルのスイート・ルームに、電話の音が鳴り響いた。

『はい？　高田ですが』

朝一番の電話に、シャワーを浴びてリビングに出てきた高田は、バスローブを羽織《はお》ったまま額にタコマークを作りながらも、営業用ボイスのアラビア語で応対した。

リビングには、シャワー前に届けられた、ルームサービスの朝食がおいてある。

それをチラリと目で見て、電話の相手と話を始める。

昨夜のパーティーは、早めに切り上げようとしたものの、結局、甘い物に固執する奏人のせいで、真夜中まで付き合わされてしまったのだ。

そのせいで、朝からちょっとばかり気分がすぐれない。

しかし、その不機嫌なメガネの奥の瞳が、すぐさま、驚きの色へと変化する。

『えっ？　それは、本当ですか？　ええ…、ええ、わかりました。それでは、後ほど伺わせていただきます』

両手で受話器を置きながら、納得いかないとばかりに、真一文字に唇を引き締める。

「ふぁ〜ぁ。おはよ、冴樹。今の電話は？」

その背中に、パジャマのズボンだけを着たまま、寝室から出てきた奏人が、寝ぼけた声をかける。

「呼び捨ては止めてください、倉橋課長！　それと、そんな中途半端な恰好で、朝からウロつかないでもらいたい」

経費削減だ、なんだといって、奏人は高田のスイートに転がりこんでいた。

モチロン、ここの宿泊は、アムルーンの第一王子であるジャミル殿下のご好意で、タダで借りているわけだから、経費削減にはもってこいなのだが、朝から目の前の男の顔を見なければいけないことが、歯がゆくてしかたない。

それでも、昨夜のマハティール殿下との話し合いでは、すぐに帰国すると思っていたから我慢もできたが、どうやら高田の思惑は、見事に外れたようだ。

「今、マハティール殿下の侍従であるシェリク侍従長から、智也さんとの仕事の打合せの許可が出たと連絡があったんです」

これで、この男がここに居座り続けることは、目に見えている。

本当に頭の痛いことが現実となったせいで、高田の不機嫌はますます酷くなる。

しかし、高田の迷惑など、まったく解することをしない馴《な》れ馴れしい男は、服を着ようともせず脳天気に笑うばかりだ。

「それは、よかった」

それにしても、さして驚いた様子を見せない奏人が、高田の神経を逆撫《さかな》でする。

昔から、彼の思惑どおりにいかなかったことなんて、なかった。

「倉橋課長。いったい、どんな手を使ったんです？」

「へ？」

「昨夜のマハティール殿下の様子では、とても話が通るとは思わなかった。でも、これであなたがいったとおりになった。いったいどんなマジックを使ったんです？」

「お。なんだかんだいって、冴樹も僕のことが気になるんじゃないか」

「だ、誰がっ！」

相変わらずの奏人に、高田は顔を真っ赤にして怒る。

まったく。砂漠の暑さに、頭がいかれたとしか思えない。こんな男とまともに話をしようとしたのが、間違いだった。

「もう結構です。あなたとは、昔から話がかみ合わない」

高田は怒りのオーラを背中に張りつけながら、奏人から顔を背ける。

「僕は、別になにもしていないよ」

その背に、奏人がゆっくりと話しだした。

「ただ…、彼を見ていると、なんとなくそんな気がしただけなんだ」

「なんとなく？」

奏人の口調に、高田もゆっくりと振り返る。

「そう、なんとなく。彼は本当に智也の困ることは、しないような気がしてね。ただ、智也の嫌がることは、好きみたいだけど」

鋭い洞察力に、高田も言葉を失った。

相変わらず、ただの脳天気馬鹿だと思っていたら、こっちが馬鹿を見そうだ。

「まぁ、僕も。智也の嫌がる顔は、大好きだけど」

「あなたも、相当、変わり者ですからね」

遠い過去を振り返りながら、高田はため息をつく。

「なるほど。冴樹は、ずっと僕のことを見ているんだ」

その言葉に、キッと奏人を睨みつける。

「おっと。また噛みつかれたら大変だ」

裸の肩を竦ませて、奏人がリビングを横切っていく。

「どこに行くんです？」

「シャワールーム。久しぶりに、一緒に入るか？」

「倉橋課長っ！　誤解を招くようなことは、慎《つっし》んでもらいたい。それに、一緒に入ったのは、高校の修学旅行の時です」

「それでも、一緒に入ったのには、違いないだろ」

大きな声で笑いながら、奏人はシャワルームへと消えた。

「やっと、静かになった」

奏人が消えて、ルームサービスの紅茶をカップに注ぎながら、ホッと息をついたのも束の間。

なにを思い出したのか、せっかく閉めた扉を開けて、奏人が顔を覗かせた。

「ぁ…、冴樹」

「なんですか？」

もう振り返るのも嫌だとばかりに、高田は窓の外を見ながら、カップに口をつける。

その姿に、奏人がニッコリと微笑んだ。

「朝食は、バタートーストに、ハチミツをたっぷりかけてくれないか」

その途端、シャワールームの扉に向かって、カップが投げつけられる。

朝も早くから、高級ホテルのスイート・ルームに、陶器の割れる鋭い音が響いた。

「これから、智也さんとマハティール殿下に会いにいくんですから、とっととシャワーを浴びて、その寝ぼけた頭を覚ましてきなさいっ！」

「はい、はい〜い」

鼻唄まじりでシャワールームへと消えた奏人に、高田は頭をかかえる。

本当に、こんなことで、今度の商談がうまくいくのだろうか？

まぁ、無理でも、智也さんにさえ頑張ってもらえればいいわけで。マハティール殿下の持っているシェアだけでも、確実に手にしておけば、倉橋エレクトロンとしては、安泰なのだが。

そのためにも、今度のことで、智也さんが逃げださないように、目を光らせておかなければ……。

それと、トゥルーライズの吾郷。彼にも、邪魔されないようにしておかないと。でも、前からおかしいとは思っていたが、まさか、彼も智也さんのことを好きだったとは。

まぁ、どっちに転んでも、商談がまとまれば、高田にとってはそれでいいのだが。

その前に、商談が失敗したときのことを考えて、新たな契約書を用意しておくべきか。

高田は、受話器を取ると、どこへやらと電話をかけだした。

「あ…、高田です」

*

その頃、目覚めた智也を待っていたのは、見慣れたハーレムの風景ではなかった。

高いドーム型の天井と、ムーア様式の支柱に緻密《ちみつ》な彫刻が施された壁は、完璧なまでのアラビア様式。そこに、ごく自然に配置された、豪奢で品格のある繊細な金の装飾をあしらった、マホガニーやローズウッドのアンティーク家具。温かみのある落ちついた雰囲気の、年代物のガラスランプ。西洋とアラビアの文化が、絶妙なバランスでコーディネイトされている部屋。

「ここって、マハティールの部屋…だよな」

裸で寝ていた智也は、ベッドから体を起こして、まじまじと辺りを見渡した。

何度か入ったことのある部屋だけど、どうして自分がここにいるのか、状況がまったくわからない。

たしか昨日は、謁見室である鏡の間で、無理やり抱かれて、それから……。それから、どうなったのか、あんまり覚えていない。

うーん、と頭を巡らせたそのとき、荒々しい音を立てて、扉が開かれた。

「目が覚めたか、トモヤ？」

「マハティールッ！」

声のしたほうを振り返って、智也は息を呑んだ。

しなやかで、それでいて強靱《きょうじん》な体を持つキャメル・ブラウンの肌が、珍しくスーツの裾から覗いている。

それでも、白い頭布だけは、金の髪を隠すように頭を覆っていて、隠しきれなかった金の髪が額に零れ落ち、キレイな顔をさらにグレードアップさせている。

普段、あまり見かけることのないその姿に、智也はドキリとせずにはいられなかった。

「マ、マハティール…、その恰好は？」

ただでさえ、智也が大好きな天使のようにキレイな顔をしているのに、こんなにもエキゾチックな姿を見せられては、耳まで赤くなってもしかたない。

「仕事だ。どうしても、会社に顔を出さなくてはならなくなった」

けれど顔は、とぉっても不機嫌。

「わたしは、これからすぐに出るから、トモヤも早くシャワーを浴びて、着替えるんだ」

ベッドに近づいたマハティールのキャメル・ブラウンの指が、ツイッと智也の顎を引き上げた。

ちくしょう。仕事に行くにも同行させる気だな。だから、自分の部屋に連れてきたのか。まったく、どこまで監視すれば気がすむんだ。

まぁ、監視されるようなことを、これまでいっぱいしてきたのは、智也のほうなんだけどね。

それでも、面白くないことに、智也はムッとする。

「着替えるって、なにに？」

「もちろん、この国の服にだよ。まさか、その体で、裸は嫌だろ」

「えっ？」

いわれて自分の体をもう一度見た智也は、慌ててシーツをかき集めた。

体いっぱいに付けられた、キスマーク。昨夜の情事。国王の誕生パーティーだというのに、不謹慎にも、自分の欲望に忠実に従ったケダモノの証明。

「い、いつの間に？」

けど、昨夜は体中にキスされた覚えはない。だったら、いったいいつの間に、こんなにいっぱい付けられたんだろう。

「きみが寝ている間にね。わたしに口づけられるたび、妖しく腰を動かす姿は、絶品だった」

「マハティール！」

恥ずかしい言葉を並べ立てるマハティールを、キッと睨み上げた智也の顔がますます赤くなる。

どうしてコツイは、普通に話せないんだ。

せっかくスーツ姿がカッコいいと思ったのに、やっぱり、中身はただの変態。エロバカ王子にすぎない。こんなこといわずに、黙って立っていたら、本当にカッコいいのに……。

そこで、ハタと智也は我に返った。

ばか、ばか、ばかっ！

カッコいいだなんて、なに、危ない思考になっているんだよ。これじゃあ、完璧にマハティールの毒気にやられてるじゃないか。

やっぱり、こんな所に長居はするもんじゃない。

ここはしっかり気を持って、逃げる方法を考えないと。とりあえず、マハティールの目から逃げられればいいんだけど。

そんな智也のワラにもすがるような思惑は、意外にも、簡単に実現することになる。

「きわどい場所にも付けておいたから、わたし以外の前で裸になるのは、やめたほうがいい」

「そんなこと、するわけないじゃないか」

「それは、どうかな。なにしろ、これからわたしが会社に出向いたあと、きみは、この城であの叔父上と仕事をするんだからね」

「えぇっ…？」

マハティールの言葉に、智也は思いっきり驚いた。

「な、なんでっ？　だって、昨日はダメだって…」

確かに、高田と奏人に会ったときには、そういったはず。それなのに…。

「忘れたの？　わたしに貫かれながら、お願いしたのはきみだよ」

「へ…」

「わたしに貫かれて、泣きじゃくりながら、お願いしますって、腰を振っていたじゃないか」

「ま、まさか…」

そーいえば、なんとなく、そんな気もしないでは……。

「酷いな。せっかくわたしが、きみを楽しませようと、あんなに頑張ったのに、なにも覚えていないなんて…」

「だって、マハティールに入れられたら、訳がわからなく……っ」

いいかけて、智也は慌てて口を塞いだ。

「なるほど。わたしに入れられたら、なにもわからなくなるほど、気持ちよくなるんだ」

ブンブンブン、と頭を横に振ってみても、もう遅い。

「嬉しいよ、トモヤ。きみが、それほどまでに、わたしを愛してくれているなんて」

「違うっ！」

「違わないよ」

さっきまでの不機嫌さは、どこへやら。

すっかり上機嫌になったマハティールに、違うといっても、取り合ってはもらえない。

そればかりか、起き上がっていた智也の体を、再びベッドに押し倒した。

「ちょ…っ、マハティール…」

いきなり伸しかかってくる体に、智也は慌てて両手を突っぱねる。

「…やめっ、これから仕事じゃ…ぁ…」

「仕事？　わたしの今の仕事は、きみを喜ばせることだよ」

「な…っ、…ぁ…」

唇を強引に重ねられて、智也は声をなくした。

結局、ハーレムから抜け出せても、こうなるのだ。やっぱり、マハティールから逃げるしか、体中をはい回るこの魔の手からは、逃れられない。

だけど、男の智也を軽々と押さえつける力からは、そう簡単に逃げだせなくて、身の危機はだんだんスピード・アップしていく。

当たり前のように伸ばされたキャメル・ブラウンの指に、剥き出しの下半身が捕らえられた。

「……ぁ……やめ…っ」

やばい！　抵抗しようと思ってるのに、マハティールの手管に、簡単に翻弄されそうだ。

気をしっかり持たなくちゃ、いつもの繰り返しである。

あぁ、だけど……。

「どうやら、わたしの指は、きっちり仕事をこなしているようだ」

早くも頭をもたげはじめた股間に、マハティールが楽しそうな声を上げる。

「ぁ…、やだ……ぁ…っ…ぁ……」

それでも、必死で抵抗する智也だが、相手は、人の嫌がることなら、なにをおいても優先させるワガママ王子。

まったく、聞き入れてはもらえない。それればかりか、智也の嫌がる顔が見たくて、ますます指のイタズラはエスカレートしていく。

どんなにカッコよく見えたって、やっぱりこの性格だけは好きになれそうもない。

本当に、誰かこのエロバカ王子を、なんとかしてくれ！

智也の心の叫び声が聞こえたのかどうかはわからないが、タイミングばっちりに、扉がノックされた。

『マハティール殿下。お車の用意が、整いましてございます』

扉の外から、少し遠慮がちに侍従長であるシェリクの声が聞こえた。

これぞ、天の助け。

「残念。タイムアップだ」

シェリクの声に、マハティールはすんなり智也から手を引いた。

助かった、と智也がホッと安堵の吐息をついたのも、束の間。

「続きは、また今夜。ただし、我慢できなくて、わたし以外の男に色目を使ったら、覚悟しておくんだな」

身なりを整えながら、マハティールの青い瞳が、いいね、と念を押すのに、智也はムッとした。

人を自分と同じ、エロバカ魔神にしないでほしい。

「そんなこと、するもんか！」

「嬉しいね。わたしのために、貞操を守ってくれるなんて」

「だっ…、誰が、そんなこといったんだ」

「たった今、きみが浮気はしないとね」

「だから。なにが悲しくて、男のおれが、男に色目を使わないといけないんだよ？」

女の子にならわかるけど、むさい野郎をナンパして、なにが楽しいものか。

しかも、この国の男なんて、自分よりも数段体つきがいいのだから、一緒に連れ立って歩きたいとも思わない。

「それを聞いて、安心した。ご褒美に、プレゼントをあげるよ」

にこやかな笑顔になったマハティールは、スーツのポケットから無造作になにかを出した。

「プレゼント?」

「きみのために、弟のサリムに頼んで、特別に注文した品だ」

サリムとは、マハティールの弟で、この間十六になったばかりの第三王子、ナスィール・ビン・サリム・アル・カシムのことだ。

たしか、この国特有のダーク・ブラウンの肌に、漆黒の髪。黒曜石の大きな瞳と、少しきつめの彫りの深い彫刻のように整った、女の子と見間違うほどキレイな顔をしていたはず。

ジャミル殿下以外の兄弟とは、あまり会ったことはないが、あまりにもマハティールとは対照的なキレイな顔だったので、強烈に印象に残っている。

でも性格は、似たりよったりだったと思うけど。

などと考えていると、いきなり首を抱《だ》き抱《かか》えられて、智也は焦った。

「うわっ!」

このごに及んで、まだ、なにかする気なのかと思ったが、すぐに解放されて、ホッとする。

しかし、

「なかなか似合ってるよ、トモヤ。裸の体には、特に映《は》えるようだな」

ニッコリと微笑む天使の笑顔に、智也は戸惑いながらも首に感じる違和感に、なんだろうと胸元を見る。

そして、とんでもないマハティールのプレゼントを発見する。

「なんだよ、これっ？」

あまりの驚きに、大きな声で叫んでしまった。

それは、プラチナを土台に、いくつものダイヤを散らして、V字に形作られた首飾り。V字の先には、見たこともないような、六条の光を放つ星を中心に閉じこめた青い宝石があった。

「スター・サファイア。わたしの瞳よりは深い色だが、最高級のサファイアの中でも、ここまでハッキリ星が出ているのは、珍しいんだよ」

などと、宝石の説明をされても、わからない。

「だから、そんな高価な物を、なんでおれが？」

こんな物、男の智也には、まったく無縁といっていいだろう。

それなのに、なぜ？

「いったたろ。きみに、首輪をプレゼントするって」

「な……！」

「これで、きみはわたしのものだという証になる。これなら、どこに逃げても、わかるだろ」

慌てて智也は、首飾りを外そうとした。

が、留め金があるにはあるけど、ぜんぜん外れない。

「あ、あれ…？」

必死で留め金を探るが、まったく、微動だにしない。

「これは、専用の鍵でしか開けられない仕組みになっているから、外そうと思っても無理だよ」

「そんな…」

「本当なら、もっと早く渡すつもりだったんだが、細工にかなり時間がかかってね。昨日、弟のサリムが届けてくれたんだよ」

「そんな時間のかかる細工なんて、しなくてもいいだろ」

「こうでもしないと、今みたいに、トモヤはすぐに外そうとするからね」

「当たり前だ。こんな派手な物、恥ずかしくてできるわけがないだろ」

「裸の体には、いいアクセントだ。赤く散った小花とともに、じつに、そそられる」

艶然としたロイヤル・スマイルに、智也はドキッ、とした。

「さぞかし今夜は、楽しい夜を過ごせそうだ」

性格は、こんなにも曲がりくねって、ヒネまくっているのに、どうしてこの顔だけは、天使のようにキレイなんだ。

いくら子供のとき、女の子に間違えてこの顔を好きになったからって、いまだに忘れられない自分が情けない。

しかも、早くこんな関係終わらせてしまいたいのに、マハティールの笑顔に誘われたら、つい、いうことを聞いてしまうのだ。

自分では認めたくないけど、やっぱり、マハティールのいうとおり、淫乱な体質なんだろうか？

それとも、マハティールのことが、好き……？

違う。そんなこと、絶対にない。

とんでもない考えに行き着いてしまって、智也は慌てて打ち消した。

確かに顔は好きだけど、やっぱり、悪魔のような性格は好きにはなれない。

「さて、そろそろ頭の固い重鎮《じゅうちん》たちが、怒りだす時間だ。わたしは先に出るが、あとのことはシェリクにまかせている」

やった！　これでマハティールの監視から、逃れられる。

しかし、

「それと、わたしがいないからって、もし逃げたりしたら、どこまでも追いかけて、これ以上はない屈辱と罰を与えてあげるからね」

ちゃんと、釘を刺すのを忘れていない。

しかも罰の上に、屈辱だなんて、余計なオマケまで付けて。

でも今回は、会社の社運がかかっているから、下手にマハティールを刺激することもできないのだ。やっぱり行動を起こすとしたら、プロジェクトの最終段階に入ってからだよな。

だから、なにかをする気はないけど、さらにプレッシャーをかけられては、行動をおこしたくなっても、しかたない。

「あぁ、それから。服の下には、なにも着ないように。それが守れるなら、きみのお願いは聞き届けてあげるよ」

「えっ？　な、なんでそんなこと、しなきゃいけないんだ？」

その答えは、マハティールがじつにわかりやすく、ストレートに答えてくれた。

「離れているのは、寂しいからね。そうしておけば、わたしが帰ってきたら、すぐに、きみと繋がれる」

ニッコリ微笑むロイヤル・スマイルに、智也は枕を投げつけていた。

「この、変態エロ王子！」

智也の攻撃など、楽々と躱《かわ》して、マハティールは部屋をあとにした。

残された智也は、一人、怒りを爆発させていた。

まったく、あの精力的なところを、仕事だけにぶつければいいものを、どうしてすぐにHな方向に結びつけるんだろう。

こんなことでは、こっちの体が持たない。

けど、マハティールは、誰もが認める、立派な経営者だ。

仕事においては、人一倍すぐれ、良識もある。まぁ、ワガママで自分勝手なところはあるけど、天才的な発想力と、すぐれた決断力と、人並みはずれた統率力で、父王から受け継いだ会社の業績を、この一年で、グングン伸ばしている。

それは、智也も認めよう。

けど…。だからといって、こんな目にあわせられていては、尊敬の念も地に落ちるというものだ。

だいたい、四つも年下の相手に、イジメられてつい腰が引けてしまうのが、敗因かもしれない。

だから甘く見られて、付けこまれるのだろうか。

だったら、ここは一つ、今回の仕事を成功させられたら、マハティールも一目置いてくれて、こんな馬鹿げた遊びも止めにしてもらえるかもしれない。

「そうと決めたら、さっさとシャワーを浴びて、着替えるか」

スーツじゃなくて、この国の民族衣装というのがイマイチだが、今はそんなこともいってられない。

奏人と仕事ができるということだけでも、喜ばなきゃいけないのだから。だから、下着は……、とりあえず、つけないほうがいいか。

智也は、ベッドから起き上がると、バスルームへと向かう。

その途端。なにやら足に伝い落ちる、冷たい感触。それは、昨夜のマハティールの名残《なご》り。

それを見て、身震いしそうなほどの嫌悪感に、思わず叫んだ。

「マハティールなんか、大っ嫌いだぁ！」

やっぱり、これっぽっちもマハティールなんか、尊敬してたまるか！

首に付けられた戒めを睨みつけながら、智也はバスルームへと急いだ。

＊

「トモヤ様。そちらでは、ございません」

マハティールの城のプライベート・エリアから、応接間のあるエントランス・エリアへと続く中庭の柱廊を、侍従長であるシェリクについて歩いていた智也は、つい、逃げ場所を探して横道にそれようとしていたのを、目ざとく見つけられてしまった。

「す、すみません、シェリク侍従長。つい、子供の頃の癖で、庭に足が向いてしまって…」

苦しい言い訳をしながら、智也は苦笑いを浮かべる。

確かに子供の頃から、何度かこの城には来ていて、よく庭で遊んだものだ。だから、この庭を抜けると、ゲスト用のパーキング・エリアがあり、そのまま門まで行けることは知っていた。

けどその先は、完璧な防犯装置を備えた門が待ち受けていて、やっぱり、逃げるにはなかなかに難しい。

それはわかってはいるが、シェリクと二人っきりで歩いていると、どうも、体が逃げたくてウズウズしているようだ。

「すでに、お客様がお待ちでございますから、お急ぎを」

急かされながら、智也はシェリクのあとを付いて、柱廊を足早に進む。

バスルームから出た智也は、用意されていた服を着ると、シェリクに促されるまま、応接間へと向かっていた。

もちろん、下着はマハティールの言葉どおり、つけてはいない。かわりに、マハティールが首輪とほざいた首飾りが、窮屈そうに首に巻きついている。さいわい、襟の高い長衣で、人から見えることはなかったが、それでも、なんとも付け心地が悪い。

長い柱廊から、エントランス・エリアに入った智也は、首飾りが気になって襟に手を伸ばした。

その体を、誰かに引っ張られて、再び、柱廊へと引き戻される。

「え…っ…、あの…?」

シェリクの背中を見失った智也は、そのまま柱廊から外れて、庭木の繁った中庭に連れだされる。

この光景、どこかで一度……。

そう考えた智也は、ハッとなる。

たしか、昨日のパーティー会場でも、同じようなことが起こったんだ。あのときも、こんなふうになにもいわずに強引に引きずられてテラスに出たんだった。

そして、その犯人は?

「まさか、吾郷……っ!」

そう叫んだ智也は、口を塞がれ、背中を緻密な文様を彫りこまれた白い壁に、思いっきり叩きつけられた。

ここは、庭からゲスト用のパーキング・エリアへと続く、建物と建物の境目。椰子《やし》や胡椒《こしょう》の木が生《お》い茂り、そう簡単には人目につかないようになっている庭の隅っこである。

「ピンポン！　正解だ。少しは、俺のことも気にかけてくれていたんだな、倉橋くん。いや、智也、って呼ばせてもらおうかな」

キザッたらしいニヤケた顔が、智也のすぐ目の前に迫っていた。

ゆっくりと口を塞いでいた手が放されて、大きく深呼吸をする。

「吾郷。なんでお前が、ここにいるんだよ？」

智也は、肩で大きく息を整えながら、極力、ケンカごしにならないように、つとめて冷静さを装った。

吾郷も、あえて、智也を挑発するつもりがないのか、落ちついた声だ。

「マハティール殿下に会いにきたんだよ。でも、あいにく入れ違いでね。帰ろうかと思って、エントランスへ向かっていたら、きみが柱廊をやってくるのが見えたもんだから、話がしたくなったんだ」

「だからって、なんで、こんな所まで連れだすんだよ？」

話がしたいなら、別に、人けのない所じゃなくてもいいのに。

しかし吾郷の言葉には、どこか危険な匂いが含まれていて……。

「きみと、二人だけで話したかったんだ」

女ならヨダレを垂《た》らして喜びそうな笑顔を向けられても、智也にはまったく嬉しくない。しかも、智也が力を入れていたプロジェクトを、横取りした相手なのだ。二人だけで、話したいとも思わない。

「おれには、話なんてない」

そういって、プイと横を向いた智也の顔を、吾郷が無理やり顎を持って引き戻す。

「今朝、ミサキ電工から、プロジェクトに関する話を白紙に戻す、と連絡があったんだ」

「それって……」

まさか、マハティールがもう動いてくれたんだろうか？

智也は自分の知らないところで、いつの間にか話が進んでいることに、目を大きく見開いた。

あの…小難しくて、融通のきかないミサキ電工のお偉方も、さすがに、この国の開発事業から弾き飛ばされるのは、嫌だったみたいだけど、それでも、マハティールのひと言がきいたに違いない。

マハティールの早業《はやわざ》に、さすがの智也も脱帽だ。やっぱり、仕事に対しての評価は、尊敬に値するかも。ただし、ベッドの上では、マイナスだらけだけど。

などと呑気《のんき》に考えていたせいで、智也は吾郷の剣呑《けんのん》な視線に気づかなかった。

「裏で、マハティール殿下が手を回したって聞いたんだけど、きみは知ってた？」

「さ、さぁ…」

知ってるとは、社内でもマル秘事項だから、さすがに答えにくい。

智也はトボケた振りをしたが、吾郷はそれで見逃すつもりはないようだ。

「知らないはずがないだろ。だって、きみは、彼の愛人なんだから」

いわれて、智也は言葉を詰まらせる。

しまった！　これでは、認めているも同じだ。なんとか、いい返さなきゃ。

「それは……、ぁっ！」

慌てて口を開いた智也は、壁に背中を押しつけられたまま、いきなり足の間に、吾郷が体を入れてきたのに驚いた。

まずい！　こんなに密着したら、下になにもつけていないのが、バレてしまう。

急いで体を押し退けようとする智也だが、時すでに遅し。

吾郷には、しっかりバレてしまった。

「へぇ…、驚いたな。この感触、下になにもつけていないんだ」

抵抗できないように、覆いかぶさってくる吾郷の膝が、智也の下半身にグリグリと押しつけられる。

「…ぁ……、やめ…っ…」

着ている服の布と、容赦なくこすりつけてくる膝が、痛いくらいの刺激を智也にもたらした。

「マハティール殿下は、きみに、下着をつけないように、強要してるのかい？　それとも、これは自分から？」

「そんなこと、自分からするわけない…ぁ…っ」

吾郷の口車に乗って、智也は、つい白状してしまった。

「なるほどね。強要されているんだ。でも、それにおとなしく従うなんて、きみも、かなり好き者みたいだな」

「ふざける…、んっ…」

文句をいおうとした口を、強引に塞がれて、嗚咽《おえつ》が漏れる。

「……ん…っ…、ん…ぁ……っ」

背筋を、いい知れぬ嫌悪感が駆け抜けた。

「いつも、こうなのか？」

口づけを強要した吾郷の唇が、今度は智也の耳を舐《な》め回す。

「…や……っ、ぁ…」

「さすがは、ハーレムの王子様は違うな。でも、きみをあんな異教徒の血が混じった、出来損《そこ》ないの王子に取られるなんて、日本男児としては悔しいよ」

耳から首筋にかけて這《は》う舌に、智也は吐きたくなるのを、グッと我慢した。

「……ぁ…、マハティールは…、お前よりもずっと、優秀なん…くっ」

そうさ。異教徒の血が混じっていようが、マハティールの経営手腕は、素晴らしいものだ。

吾郷なんかが、どんなに頑張っても、足元にも及ばないんだからな。

「庇《かば》うのか？　まぁ、いいさ。肌を重ねた相手なんだ、情も移るか。けど、日本の男も、捨てたものじゃないよ。なんなら、ここで教えてあげようか？」

「…ぁ…っ、嫌だっ…やめ……ん…っ！」

首筋を舐め回す吾郷の手が、智也の服の裾をたくし上げると、容赦なく中に差しこまれた。

「……あぁっ…、や……ぁ…っ」

じかに握られて、智也の体が、その気持ち悪さに跳ね上がる。

それでも吾郷の指は、智也の股間を扱きだす。

マハティールとは違う、いや、雲泥《うんでい》の差があるその愛撫に、智也はこみ上げる嘔吐感《おうとかん》に頭を振って嫌がった。

「どうした？　あんまり、気持ちいいみたいじゃないな？　それとも、彼の指じゃないと、感じない？」

ジャミル殿下のときと同じように、吾郷に触られても、嫌悪ばかりがこみ上げてくる。

それでも、悲しい男の生理現象は、嬲られただけで固くなっていく。それが悔しくて、智也はキッと吾郷を睨みつけた。

しかし吾郷には、まったく虚勢が通じない。

「妬《や》けるな。まだ十九歳という若さで、あの大企業の社長になったというのに、まったく見劣りしないばかりか、誰もが頭をさげる偉大な経営者。そして、俺がずっと狙っていたきみも、こともなげにアッサリと連れ去って、こんな目をさせるなんて」

智也は、耳を疑った。

まさか吾郷が、自分を狙っていたなんて……。そういえば、日本で得意先を奪い合っていたとき、執拗に絡んできていたのは、こういうわけだったのか。

脳天気にも納得してしまった智也だったが、吾郷の激しい責めに、ますます気分が悪くなって、息ができなくなってきた。

それを見て、吾郷がとんでもないことをいいだした。

「きみを、ここから連れだしたら、彼はいったいどうするだろうね」

「え……？」

「どうやら、彼の弱点はきみのようだから、わたしがきみを連れだしたら、きっと、なんでもいうことを聞いてくれるかもしれない」

あの、人をコキ使うのが大好きなマハティールが、人のいうことに従うわけがない。

なに馬鹿なことをいっているんだ、この男は、と智也は思った。

しかし、吾郷の瞳は、真剣そのもので。

「例えば、きみが体を張って取った、販売独占契約とか。それに、きみがいなくなったら、ミサキ電工も、簡単に手に入りそうだし、なにより、この体を自分のモノにできる」

吾郷の指が、智也のお尻の狭間をまさぐった。

「……ぁ…、嫌だっ…いや……っ！」

グッ、と指が付き立てられるその瞬間。

嫌悪に襲われていた智也の緊張が、一気に緩《ゆる》んだ。そして、智也を嬲る吾郷の顔が、グニャリと歪《ゆが》む。

その先は、もう、なにも覚えていることなんてできなかった。

スローモーションのように、智也は、吾郷の腕に倒れこんでいく。

灼熱の太陽が照りつける庭で、いくら木々の影になっていたからといっても、指に煽られ、想像以上に熱くなった体温のせいで、智也は、失神してしまったのである。

その体を抱き上げて、吾郷は、勝ち誇ったように笑った。

「昨日もいっただろ、仕事がなくなったら、おれが面倒見てやるって。きみを、失望させるようなことはしないよ、智也」

＊

それぞれの思惑が、智也を取り巻く。
そして、灼熱の砂漠の太陽の下、マハティールの城から、智也が連れ去られた。

END

■あとがき■

こんにちは。そして、初めまして、川桃《かわもも》わんです。

またまた『ワガママ王子にご用心！』の続編でお会いできるなんて、とても嬉しいです。

しかし今回は、マジでもう書けないかもしれない…、とまで思い悩みました。でも、こうして無事に皆様にお会いできたことは、ひとえに皆様の温かい応援と励ましのおかげです。

とくに、多大なご迷惑をおかけしたにもかかわらず、イラストの藤井《ふじい》先生様と担当のM島様の心優しい応援のお言葉には、ずいぶん元気をいただきました。本当にご迷惑ばかりおかけしているのに、ありがとうございます。

それにしても、心沈む日々の中で『ワガママ王子にご用心！』のドラマCDが発売されたことは、とても幸せなことでした。それを聴きながら、消えかけていた煩悩《ぼんのう》が目を覚まし、新たな力が湧《わ》いてきたようです。

とくに、マハティールが智也《ともや》をイジメている声は、聴いてて楽しかったです。しかも、マハティールが耳元で囁《ささや》く声には、聴いてるわたしも思わずドキン！　としてしまいました。まだお聴きでない方は、ぜひ、聴いてみてください。『ワガママ王子』のアラビアン・ナイトな世界をよりいっそう楽しんでいただけると思います。

今回のお話は、智也とマハティールに最大の危機が訪れたところで終わっていて、「えー！　なんでーっ！」と思われている方も多いと思いますが、許してください。なにしろ、ラブラブの二人を書くのはとっても苦手なので、つい、こんな道に走ってしまいました。

しかも、まだまだ二人の受難は続く予定です。なので気になっている方は、次回まで楽しみに待っててくださいね。

そして今回は、初めて智也の身内である、叔父《おじ》の倉橋奏人《くらはしかなと》を出してみました。それも、高田《たかだ》の高校時代のクラスメートという、いわくつきの設定で…。

高田とジャミル殿下があやしいと思っている方は、ごく少数いらっしゃると思いますが、この二人は、モロにあやしいです。自分の中では、高校時代になにかあったと思っています。それが原因で、高田は奏人が苦手になって、冷たくなったと…。まぁ、作者の勝手な思い込みですが。

しかし、また機会があれば、そのへんのサイド・ストーリーなども考えてみたいです。まだまだ登場人物も増やそうかな、とは思っているので楽しみにしていてください。

それでは、ここまでお付き合いくださった皆様、本当にありがとうございます。

次回、お会いするまでには、もっと元気に戻れるよう頑張りますので、応援のほどよろしくお願いします。

最後に、同人活動はサークル「おお！川桃」でオリジナルＪＵＮＥの本を発行しています。体調不良のため、超スローペースの発行となっていますが、そちらもよろしくお願いします。

川桃わん

■初出一覧■
危険なハーレム・ナイト／小説Ovis Dipp vol.1 2002年
ワガママ王子に危険なキス／書き下ろし

川桃わん先生、藤井咲耶先生にお便りを
〒101－0061東京都千代田区三崎町3－6－5原島本店ビル2F
コミックハウス　第5編集部気付
川桃わん先生　藤井咲耶先生
編集部へのご意見・ご希望もお待ちしております。

著　者――――――川桃わん
発行人――――――野田正修
発行所――――――株式会社茜新社
〒101-0061　東京都千代田区三崎町3－6－5
原島本店ビル1F
編集　03（3230）1641　販売　03（3222）1977
FAX　03（3222）1985　振替　00170-1-39368
http://www.ehmt.net/ovis/
DTP――――――株式会社公栄社
印刷・製本――――――図書印刷株式会社

ワガママ王子にご用心！

川桃わん　イラスト：藤井咲耶

アラブの若き王子マハティール殿下が主賓《しゅひん》のパーティーをこそこそと逃げだそうとした倉橋智也《くらはしともや》は、あっさり殿下に捕らえられた。

父の仕事の関係から幼い頃に殿下の遊び相手を仰せつかっていらい、智也はいじめっ子のマハティールが苦手なのだ。だが、逃げだそうとした罰にベッドのお相手を濃厚にさせられたあげく、殿下が帰国するまでの間「一日三回」のベッドのお相手をノルマとして課せられてしまい…!?

Ovis NOVELS BACK NUMBER

誘惑

日向唯稀

イラスト・香住真由

美祢遥はサークルの友達にそそのかされ、演技力を試すため、夜の街に君臨する極上の男をナンパすることになった。成功したらトンズラするつもりだったが逃げる間もなく押さえつけられた美祢は、嬲られたあげく覆いかぶさっている男が同じ大学の橘季慈だと知って!?

だけどキライ!

猫島瞳子

イラスト・西村しゅうこ

ホモと関東人が大キライな佐伯貴弘は、ホモで関東人の浜野和志にハメられて、同居させられていた。ことあるごとにカラダを弄られて和志にいいように調教されているような気がするのも、貴弘には大メーワクだ! そんなとき、和志がアメリカへ出張することになり!?

憂鬱なマイダーリン♡

日向唯稀

イラスト・香住真由

菜月とケダモノなダーリン英二は、いまや〝一生ものの恋人〟だ。冬休みになり、ホワイトクリスマスを過ごすつもりでロンドンに行った2人は、菜月の祖父母に会いに行く。だがそこでとんでもないことを言いだされて!? マイダーリン♡シリーズまたまた波乱の予感!!

ナイショの家庭内恋愛

せんとうしずく

イラスト・滝りんが

都望は、大学教授の父親に家庭教師をつけると言われ大反発。やってきた家庭教師は父親の大学の学生で愛人と噂される新見さんだった。二人の仲を認めさせようという魂胆だと思いこんだ都望の反発は増すばかり。しかも今度は新見さんと一緒に住むことになって——!?

お兄様のよこしまなキス

飛田もえ　イラスト・木村メタヲ

茜は一歳年上の兄・葵とふたりきりで暮らしてきた。葵は頭も顔もよくて生徒会長までやっている完璧人間だが、家では茜がいなきゃなんにもできない。しかもどんなにいやだと言って抵抗しても、エッチなことをしてくる葵を、なんとかしてやめさせようと思うのだが!?

夏休みの恋はフェイク♥

姫野百合　イラスト・みその徳有子

街で望は同い年くらいの少年・祐一郎に人違いをされ、声をかけられた。しかし、弾丸のようにしゃべる祐一郎にものおじしてしまい、誤解をとくこともできない。挙げ句、お酒を飲まされエッチなことまで！　でも、人なつっこい笑顔の祐一郎をにくみきれなくて…。

葉桜酒はフェロモンのかおり

猫島瞳子　イラスト・緒田涼歌

宴会部長を自認する岡田正輝は酒ならなんでも大好き。ある日、日本酒とビールにつられて、大学時代からの後輩岩倉の家へ遊びに行った正輝は、酔ったところを岩倉にキスされてしまった。岩倉とのキスの心地よさに正輝はついうっかりイカされてしまい!?

そりゃもう、愛でしょう3

相良友絵　イラスト・如月弘鷹

衝撃的に男前なのにサドな先輩刑事・日沖と、完璧なエリート鑑識官だけど血フェチな本橋を筆頭に、上司から後輩まで、果ては犯人からも変態さんに大人気の黒川睦月刑事。今回ぶちあたった事件は変質者色濃厚。またもや睦月に押し寄せる変態の恐怖!?

そりゃもう、愛でしょう4　相良友絵　イラスト・如月弘鷹

犯人の要求で、黒川睦月刑事は後輩の白バイ警官・秋葉京に押し倒されている最中。危機に陥った睦月を司法機関最悪の変態コンビ、日沖と本橋が助けに現れる！　それでも事件は終わらない。睦月はある人物の変態オーラを察知するが!?　史上最笑コメディ大円団…か？

スキャンダラスなきみに夢中　由比まき　イラスト・御国紗帆

売れっ子アイドルグループ『キリー』のメンバー皇士には、あこがれの人がいた。バンド少年に神様と呼ばれるギタリスト、卓。ふたりの出会いは周囲にさまざまな波紋をよんで…。皇士と卓の物語「ステージ・スキャンダル」のほか2編を収録。

無敵なマイダーリン♡　日向唯稀　イラスト・香住真由

いまや菜月と英二は家族にも祝福される『一生ものの恋人』。しかし、モデルでもある英二のドラマ進出が、幸せ街道驀進中のふたりに最悪な事態を巻きおこす…！　マイダーリンシリーズ最大の危機!!

youthful days ～ユースフルディズ～　谷崎　泉　イラスト・神葉理世

高校を卒業して実家の花屋を手伝っているヒカルには誰にも言えないヒミツがある。それは、ナギサとセックスしていること。ナギサは、ヒカルが13歳のときふらりと現れた大人の男で、15歳のときから体を重ねている。だが「恋人」とは呼べない関係にヒカルは――。